陳舜臣

陈舜臣随笔集

含笑花之树

〔日〕陈舜臣 著
赵宏 译

中国画报出版社·北京

图书在版编目（CIP）数据

含笑花之树 /（日）陈舜臣著；赵宏译. -- 北京：
中国画报出版社，2020.10
（陈舜臣随笔集）
ISBN 978-7-5146-1941-6

Ⅰ. ①含… Ⅱ. ①陈… ②赵… Ⅲ. ①随笔—作品集
—日本—现代 Ⅳ. ①I313.65

中国版本图书馆CIP数据核字（2020）第176813号

含笑花之树
[日]陈舜臣 著　赵宏 译

出 版 人：于九涛
审　　校：崔学森
责任编辑：郭翠青
营销主管：穆　爽
责任印制：焦　洋

出版发行：中国画报出版社
地　　址：中国北京市海淀区车公庄西路33号　邮编：100048
发 行 部：010-68469781　010-68414683（传真）
总编室兼传真：010-88417359　版权部：010-88417359

开　　本：32开（787mm×1092mm）
印　　张：7.75
字　　数：125千字
版　　次：2020年10月第1版　　2020年10月第1次印刷
印　　刷：德富泰（唐山）印务有限公司
书　　号：ISBN 978-7-5146-1941-6
定　　价：48.00元

目录

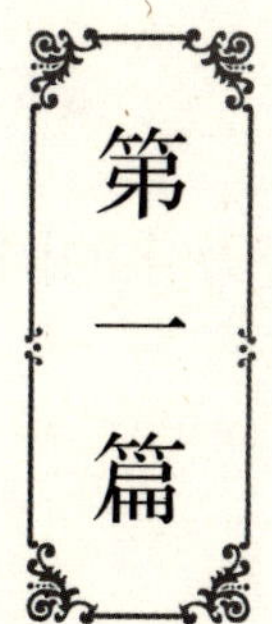

第一篇

千变万化的国家

俗话说："南船北马"。

中国南方水网如织。长江与珠江水系为人们所熟知，浙江省的钱塘江、福建省的闽江也有着相当多的支流。它们不仅有天然形成的河流湖泊，而且还有许多人工水路。在一些地方，水路犹如人体的毛细血管一样铺满地表。

我正在车里欣赏着窗外的风景，突然被眼前的景象惊呆了——一片巨大的帆船从水田上面滑过，船当然是不会在水田上行驶的。原来，水田的对面有水路，船是在那里悠然地滑行。像这样，极其多的水路隐藏在我们目所不能及的地方，一眼看上去难以分辨哪里是水田哪里是水路。

我们曾经花费一天的时间驾车穿行在福建山区。车在河流沿岸的道路上行驶着，我本来以为是一直沿着同一条河流，但是后来向导说这条河流与刚才经过的那条河流是不一样的，并告诉了我这条河流的名字。在我的认知里，同一条河流有多个名字并不是什么稀奇的事。之前提到的浙江省的钱塘江就是一个例子，“钱塘江”是它流经杭州湾这部分的名字，在这之前的一段被称作“富春江”。钱塘江的上游是新安江和兰江汇合而成的“桐江”。兰江的上游是“衢江”，而衢江的上游也有着不同的名字。所以，“钱塘江水系”是其最好的称呼吧。在福建时，被我误认为是同一条河的那些河流，不仅在称呼上有所不同，所属的水系也是不同的，道边的河流在不经意之间悄然变换着。由此可见，这里的水路是多么的密集啊！

在以前，架一座桥可不像现在这么容易，相比较的话，在水路上驾驶船会更快一些。因此，对于中国南方的人们而言，船就成为了最重要的交通工具。

在中国的北方地区虽然也有一条大河——黄河，但是由于水流湍急、冬季多处河段结冰等原因，不仅对船的通航没什么帮助，反而会给其带来阻碍。但是到了结冰期就不一样了，船可以在冰面上滑行前进，反倒是一种别样的便利。

长江的上游几乎能够允许一万吨级别的船通航，小型水路中的帆船那是比比皆是。相比之下，在黄河上则只能看到寥寥几艘船。在北方，麦田连绵到地平线，草原辽阔，很多土地散发着浓郁的沙漠气息。在汽车普及之前，这里主要的交通工具是马匹。因此这就是所谓的“南船北马”。

不过，人们有时也将“南船北马”与“东奔西走”等同意义来使用，指的是往南走时坐船四处奔走，往北走时骑马到处奔跑。

道光十八年（1838），鸦片战争爆发之前，湖广总督林则徐被皇帝召进京，汇报如何应对鸦片问题。道光皇帝被他的人品及提出的禁烟对策所感动，特地赏赐他“紫禁城骑马”的恩典。北京紫禁城是皇帝居住的地方，依照惯例是不允许大臣骑马进入的，这是恩赐给林则徐的特别许可。11月14日这一天，林则徐骑马进宫觐见道光皇帝。可他在日记中这样写道：

“蒙谕云：‘你不惯乘马，可坐椅子轿。’谨叩头又谢。”

实际上是林则徐骑马进宫觐见的时候，皇帝在殿廊里看见了他不熟练的骑马姿态，感觉这种骑法实在危险，于是下令翌日起让林则徐坐八抬大轿进宫觐见。林则徐是福建人，在科举及第之后开始了他的文官仕途。也就是说，林则徐是南方人，根据“南船北马”的说法，他是不精于骑术的。

但是，在古籍文献之中并没有出现过“南船北马”这种表达方式。这是一个不知在何时形成于民间的固定成语，而人们也自然而然地将它运用了起来。查阅古籍中与其类似的说法，发现公元前2世纪的《淮南子》中记载："胡人便于马，越人便于舟"。"胡人"一般指外国人，但据《淮南子》中记载，在西汉初期，"胡人"专指匈奴。《史记》中也有关于匈奴被称为"胡"的记载。到了唐代，"胡"这个字逐渐变得越来越有"西域的异族"的含义了。无论是塞外的匈奴，还是西方丝绸之路上的民众，从中国全域来看，"胡"都属于北方，据说胡人都是善于骑马的。

北方的异族被称为"胡"，而南方的异族被称为"吴""越"或"蛮"。春秋末期的时候，吴越两国对立为敌。吴国位于现在的江苏省，越国位于现在的浙江省一带。越国起用名臣范蠡，谋求富国强兵，打倒宿敌吴国，一雪父辈之耻的越王勾践名留青史。

据《史记》记载，越王勾践的祖先是夏王朝创立者大禹的后裔，被周天王分封到会稽（今浙江省绍兴市），恭敬地供奉继承着夏禹的祭祀。他们在那里"文身断发，披草莱而邑焉"。

文身和断发是夷狄的风俗。中原人会束发，戴上头冠，当然，肯定不会文身的。

根据上文来看，他们原本出身中原，但因被分封至夷狄之地，所以遵从了夷狄的风俗，并开垦了荒芜之地作为居住的城邑。然而，我认为这只不过是春秋时期颇有权势的诸侯在上位后想掩饰自己出身的一种做法而已。这样做并不是在遵从夷狄的风俗，而是因为他们原本就是夷狄。我的这种想法更趋于合理吧。

广东被称为“粤”，自不必说，这个“粤”和“越”是一样的。越南这个国家的名字之所以用汉字写为“越南”，就如其字面意思一样，是因为越南位于当时的越国的南部。古代越族人居住在从浙江到福建、广东的沿海地区，自然也就与大海有着密切的关系。而文身的习俗则是因为他们将文身视为一种护身符，相信有了文身就能避免遭受海中鲨鱼等残暴鱼类的袭击。断发的习俗也是因为剪短头发更适宜海上的生活。

海边的居民擅于驾船也不足为奇。虽然说是在海边，但是因为周围的海域与很多河流是相连接的，船不仅被应用于海上，也被用于河流。越国攻打吴国的时候，调动的军队中有“习流二千人”。有说法说这些人是被赦免流放之罪而接受训练的士兵，我觉得还是把他们看作深谙水性的水军为好。

范蠡帮助越国打败了吴国之后，随即离开了越国。《史记》中用“遂乘轻舟以浮于五湖”来描述这个场景，可见范蠡他们都是“船民”。

如此说来，“胡人便于马，越人便于舟”的结论便应运而生，一个朴素的疑问也随之而来——中原人使用什么交通工具呢？想象一下，北边是骑马的胡人，南边是乘船的越人，中原人夹在二者中间。偶尔骑马，偶尔乘船，这应该就是一个折中的解决方案吧。但是，我们难道不应该用更积极的思考方式去看待问题吗？

中华的“华”有“饱含文化”之意，指“黄河中游”。

中国原本并不是指“中心的国家”，而是指“国家的中心”。古诗中的表达都是如此，“中州”是指“州的中心”，“中田”是指“田地的中心”。让我们一起来查一查诸桥辙次先生编写的《大汉和辞典》吧。对于“中国”的解释是：

第一项：中间国，国家的中心，国的中央，京城，全国。

第二项：中国的自称。

在史书中还可以看到“中国可能有那样的惯例，但与我们并不相关”这样的记载。具体来说，这是春秋战国时期，湖北、湖南一带的楚国的首领自立为王时说的。春秋时期，不管诸侯的实力有多强，只要名义上的周王朝依然存在，哪怕是有实力的晋国或齐国的诸侯也不能以“王”自称，只能称“公”或“侯”。在诸侯之中率先僭越称王的是楚国。后来战国七雄全部称“王”。而开启了先河的楚王，也发表了震惊四座的言论：

“按照规矩，在国家的中心——也就是在京城或许要对王这一称号有所避讳，但我们这种蛮夷之地的人才不管这些，所以我将以王自称！”

“中华”是指文化的中心，换句话说就是指首都圈。因为与“中国”一词本来的含义很相近，所以演变成国家称谓的过程与“中国”也很相似。在《三国志·蜀书·诸葛亮传》的注释中，可以看到这样有趣的记述：

“若使游步中华，骋其龙光，岂夫多士所能沈翳哉！”

像诸葛孔明那样的人物，若是漫步游走于“中华”地区的话，想必他那超群的才华（龙光）必定会使众多有能之士黯然失色吧。诸葛孔明在与刘备相遇之前一直住在襄阳，襄阳位于湖北省的北部，毗邻河南省。但这个地方也不是中华地区，因而才有了“若使游步中华……”这样的假定表达。

前面所提到的《三国志·蜀书·诸葛亮传》的同一注

释的前段引用了孔明所说的“中国绕士大夫，遨游何必故乡邪”。大意是“中国多的是士大夫，要遨游天下何必非要回到故乡！”这是孔明给因思乡而想要归乡的友人的劝慰。正因为这是孔明对将要离开故乡的友人所说的话，所以这里的襄阳也在中国范围之内。据此可以推断出，在裴松之（372—451）奉诏为《三国志》作注的5世纪初期，“中国”虽然有了现在“整个国家”的自称的含义，但“中华”一词仅仅是指黄河流域中心地区及首都圈。

进行这样的考察无非是想要像前文提及的那样，以积极的方式看待问题。今天我们所说的“中国”或“中华”的含义至少要比5世纪以前的用法广泛得多。以前，作为文化的中心、文明最为浓厚的地域被称作“中国”或是“中华”。后来，为了避免混乱，把这个地区的黄河的中游一带改称为“中原”。“天下”这一概念和比“天下”还要古老的“四方”这一概念，两者基本上都与现在的“中国”的概念相等同了吧。

据《史记》记载，首次使用王号的楚国君主熊渠说：“我蛮夷也，不与中国之号谥。”这里所说的“蛮夷”，并不是表示“野蛮的异族”之意。天之骄子的楚国君主怎么可能表达的是这个意思。如果自己说自己是“异族”，岂不是在语言表达上产生矛盾？所谓的“蛮夷”，在这里，应当是指“远离中原地区的居民”。而楚国君主正是展现了“我们这些乡下人”的率真性情。

《史记》的研究者——美国学者华兹生先生在论文中写道，对比东方的司马迁与西方的希罗多德，其中一个明显的不同点是，《史记》中完全没有关于民族的身体特征的记述，而希罗多德的著作中列举了许多关于民族的身体特征的事例。

虽然《史记》中有“越人文身断发”的相关记述，但是不论是文身还是断发，都是后天的风俗习惯，不能说是先天的身体特征。其中关于朝鲜人留着锥形的头发的记述，也与文身断发是一个性质。但希罗多德的《历史》中，记述了各种各样的民族的身体特征。

这意味着什么呢？这反映了相比民族的身体特征，中国人更加关心文明程度的高低。禹王的后裔，即中原文明人迁居至越国，成为了越国的乡下人，开始文身和断发。后来这些乡下人却逐渐完成了文明的开化，摒弃了文身断发的旧习，穿戴上衣冠，并开始被视为真正的中原人。到越王勾践时期，越国早已成为诸侯国的一员，谁也不会再将其视为“蛮夷”。

那么“文明”究竟为何物？它的定义总是显得那么模糊而笼统。一言以蔽之，大概就是不野蛮行事、举止端庄有礼吧。朝着孔子所制定的礼乐体系的方向去考虑的话，对“文明”的理解就不会太出错了。同时，“文明”也包括认可并生活在这个体系中的人们。“文明”因超越了民族和种族的差异而变得繁杂多样。这可以看作是中国文明的多样性的根源吧。

虽然就“南船北马”这一成语，已经讨论过了南北方的多样性，但东部和西部的多样性也毫不逊色。有句俗语“关东出相，关西出将”，“关”是指河南省灵宝县的函谷关，函谷关以东为“关东”，以西为“关西”。另外，现在的河南省与陕西省交界处附近的华山，是道教的圣地。虽然也有称华山以东为“山东”，华山以西为“山西”的说法，但这与现在中国的山东省和山西省并无关联，这种说法与日本称呼“关东”和“关西”的方式更为接近。所谓的“相”就是宰相，即文官，“将”是将军自不必说，即武官。

虽然也有不少例外，但是包括中原在内的关东，文人众多，名相辈出。诸葛孔明的籍贯是与山东半岛岛脊相接的琅琊郡。书圣王羲之一族也出自该琅琊地区。与此相对，从陕西省到甘肃省的西北地区，经常出现英武勇猛之士。其中也有像《三国志》中董卓和吕布那样非常勇敢、出类拔萃的人物。

鸦片战争期间，英国军队侵占了舟山列岛，面对不利的战局形势，清政府出动了甘肃的军队。果然，紧要关头还是得依靠西北地区剽悍的将士。不过，在甘肃的士兵到达之前，战争就已经以失败告终了，没来得及反击。清政府专门向遥远地方的军队下达动员令一事最能贴切地表达出“东相西将”之意吧。

经常听到中国人的性格是这样那样的说法，但是，所谓的“中国人”，是指“东相”，还是指“西将”呢？根据所举的例子的不同，会产生很大的差异。另外，提起中国的成年人，人们一般会认为不紧不慢是其最基本的状态，但这种想法真的对吗？福建和广东一带的人身材矮小，而且也有不少行动敏捷的人，他们也是不折不扣的中国人。

在南方，身材矮小的人居多，山东半岛则以身材高大的人居多，有“山东大汉”这样的表达。中国的东北地区有不少从河北移居过去的人，但是从山东半岛迁移过去的人比他们还要多。正是因为这个缘故，东北地区的人普遍身材高大。

地域不同，人们的性情也大不相同。有一种说法是

“千万别和湖南人吵架”，因为很多湖南人顽固且血气方刚。这里革命家辈出，也许就是因为湖南人性情的缘故。从辛亥革命的黄兴、宋教仁到毛泽东、刘少奇，近代时期的革命家中很多都来自于湖南省。

谈到血气方刚，我想到“燕赵悲歌士”中所说的，河北至山西一带涌现了很多悲歌慷慨的热血之士。人生需要一种拥有意气而不以成败论英雄的气质。我的脑海中不禁浮现出《三国志》中的刘备和张飞，还有那誓死不归挺身刺杀秦王的荆轲。荆轲本是卫国人，却滞留于燕国，成为了燕赵人杰。

风萧萧兮易水寒
壮士一去兮不复还

这首离别歌可以说是“燕赵悲歌”的代表作。

曾经的吴越之地，也就是现在的江苏、浙江一带，是“江南才子”即秀才的辈出之地。在中国6世纪末的隋朝，开始实行以考试的方式选拔高级官员候选人的科举制度。这一制度一直延续至清朝末年，有1300年之久。然而，科举及第的人，多半来自江苏省和浙江省。正因如此，也出现过按照省份分配及第名额的时期。因为如果按照成绩的话，江南地区的比例就会过于偏重。例如，清朝260年间，共举行了112次科举殿试，但是所选拔的112名首席及第者（俗称“状元”）之中，有49名江苏人，20名浙江人。如果把实际上属于江南地区的9个安徽人也算上的话，总计有78人。其余的几十个省总计也不过34人，如此看来，江南才子们在学问上有多么高的造诣就不言而喻了吧。

并不是说江南地区的人就格外聪明，或许是因为他们的周围始终萦绕着一股做学问的气氛吧。江苏省和浙江省的经济很发达，与那些为了解决温饱问题而不得已让孩子们也参与劳作，可能连给孩子们学习的时间都没有的地区相比较，江南地区经济上的优越也赋予年轻一代更多优势：既有可以勤奋学习的闲暇时间，也有高薪聘请优秀老师的经济实力。有权有势的地主也许是藏书家，甚至自家府邸的一部分就是图书馆。江南以外的省份，却没有这样优越的条件。

浙江省的绍兴（清朝的会稽与山阴二县）在清朝出现了三名首席及第者。中国的县比日本的还要小，一个浙江省就有75个县。因此，即使在人才辈出的浙江省，绍兴也是遥遥领先的。俗话说，“天下事情要问绍兴师爷”。在日本，“爷”一词给人的印象主要是指“年纪大的人”，而在中国则是不论年龄多大，对有文化人家的男性的一种尊称，多用于“少爷”的意思。

朝廷之中也有集聚重臣议政的机构，与日本的内阁类似。宰相以下的官员执管着天下的政治事务。他们虽然通晓自己管辖范围内的事务，但对其他领域的事务知之甚少。比如负责掌管经济事务的官员就对文教相关事务十分陌生，这样的例子不在少数。

然而，出身于绍兴的秀才们却对在政治舞台抛头露面不感兴趣，他们虽有卓绝之能，但比起成为战斗在修罗场上的人，他们更愿意成为那些人背后的操控者。即使他们迈入了政治舞台，大多也会成为顶级人物的幕僚与秘书。阁僚们出身于各种地方，但他们身边秘书级别的人却大多是绍兴人。纵使阁僚们互相没有太多联系，他们的秘书长们却因是同乡而时常相聚，保持着联系。因此，与其说阁僚们知晓天下事，不如说绍兴的这些师爷对天下事了解得更为详细。所以才有“天下事情要问绍兴师爷”的说法。

说起近代绍兴籍的代表人物，当数文学界的鲁迅、政治界的周恩来、教育界的蔡元培。

清朝在闭关锁国的时期，只开设广州为对外通商口岸。广州就相当于日本闭关锁国时期的长崎。正是因为与国外往来较多，所以广州发展相对较快，也更容易孕育革命的萌芽。

像孙文那样的革命家，康有为那样的改良主义者，梁启超那样的启蒙思想家，出自广东也算理所当然的吧。

出身于山西省的金融界人士不在少数，北京书店的老板也几乎都来自山西省。产生这些现象的原因大概就是，那些在自己行业打拼出一片天地的人将自己家乡的人也召唤到这个行业里来，对他们倾囊相授，培育他们成为自己的后继者，直到他们也能够独立打拼。那些成功人士的事业大概就是这样一代一代壮大起来的吧。七宝（景泰蓝）的手艺人大部分是广东人，一般认为这是由于技术在广东流传发扬的缘故。中国人说到广东的梅县，就会想到篮球，说到陕西的户县，就会联想到农民画。这些并不是因为每个地区的人都有地方性的天赋，而是因为每个地区都有一些优秀且热心的指导者。

自古以来就有“龟兹之乐”之说，在现在的新疆维吾尔自治区的库车附近，歌舞音乐十分盛行，唐代长安的宫廷戏乐中龟兹部族也十分引人注目。我访游库车的时候，从当地的老年人那里听到这样的自嘲：

这里夏季酷热难耐，到了夜晚，残暑也让人难以入睡，反正也睡不着，年轻人们就整晚地唱歌跳舞，这样一来自然就变得能歌善舞了吧。

尽管他们调侃自己的能歌善舞是在炎热的夏夜里练就而成的，但我认为不仅是这样。在维吾尔族人的身体里，似乎从一开始就深藏着节奏。乐器一奏起，人的身体就自然而然地迎合着它动起来。我也时常参与进他们跳舞的圈子中，但难为情的是，连我自己都意识到了自己动作的笨拙。仅从这一点来看，我不得不考虑到天赋果然是具有民族性的。

我想再举一个让我深感民族天赋的例子。在新疆维吾尔自治区，我曾经去过伊犁哈萨克自治州的察布查尔锡伯自治县。锡伯族是满族的一个分支。锡伯族由于其举族被派遣到伊犁地区驻守边疆，周围没有比其文化水平高的民族，所以他们至今仍使用满语。现在，伊犁城内的政府机关、商店的招牌上写的都是满语。

虽然有点跑题，但我想告诉大家，锡伯族人都是射箭高手。锡伯族虽然在18世纪前后才集体移居到了伊犁周边地区，但据说在中国射箭比赛中获胜的都是锡伯族的青年。或许是因为他们在草原上持续进行军事训练的缘故吧，他们有着极佳的视力以及出众的集中注意力。在北京一带的满族人似乎并不是特别善于射箭的情况下，这个民族在不知不觉中诞生了众多射箭名手。这一传闻为民族性天赋的探讨提供了一个有趣的话题。

除了擅长射箭，锡伯族人还有另一项特殊技能——由于经常使用满语的缘故，他们可以通读满文。虽说这是情理之中的事情，但由于其他满族分支都已完全丧失了这种能力，所以不得不说这是一项特殊技能。多用满文书写的清朝的文献（满文档案）是研究清朝历史不可或缺的重要资料，新疆伊犁的锡伯族秀才们目前好像有不少被招到北京从事满文档案解读工作。

我讲过在中国住着各种各样的人，我认为人的这种多样性也可以体现在风景之中。“南绿北黄”——这是我模仿着“南船北马”随意编造的词。如果考虑风景的基础色调的话，中国北方是以黄河黄土为代表的黄色，南方则是以水田为代表的绿色。当然，北方的麦田也绿意盎然，树木也生机勃勃，终有一天，不以“北黄”来论北方地区基础色调的时代会到来吧。黄河的水因为混入了黄土而变得浑黄，即便如此，只要我们修建水库截流排沙的话，水质也会变得清澈澄净。

目前各地已经建起了水库，现在中国最大的水库是离甘肃省兰州市不远的刘家峡水库。我去过那里两次。那里的黄河水清得惊人，甚至让我怀疑“这是黄河吗？”。恰好黄河和洮河的交汇处也在那里。部分洮河的底部被称作“洮砚”，有制作上等砚台的石材。据说到目前为止，因为水流湍急，石头开采非常困难。建了水库之后，开采也许会容易一些。

砚台的话，还是“端溪”的最有名，“端溪”是广东省西部溪谷的名字。这里的石头开采似乎也很困难。

说到石头，除了砚台以外，制作印章的印材也很贵重。距福建省福州市北约20公里的寿山，自古以来作为印材产地而闻名。有这样一句谚语：“黄金易得，田黄难求”。

“田黄”即从寿山溪旁某处水田古砂层中采挖的上等印材。文人墨客都垂涎寿山的名印材料，所以就有了上文那样的说法吧。

福建省让人难以忘却的风景要数武夷山了。随着乌龙茶在日本引起流行热潮，其产地武夷山也被大家熟知。山间有一个名为“崇安”的县，在那里还设立了茶叶科学研究所。武夷山除了作为茶产地闻名之外，作为天下名胜之一自古以来也被人们喜爱。

俗话说“武夷九曲”，九曲溪的溪水转了九道弯，每曲都有其独特的韵味，景观多变。朱熹有一首名为《九曲棹歌》的诗，九首诗词分别咏叹武夷九曲的景色，为后世传诵。另外，南宋哲人朱熹出身福建，这一名作会不会就源自他的爱乡之心呢？九曲处处都耸立着被称为“峰”的巨岩。著名的桂林山水景观也是以奇峰为主构成的。

中国人似乎特别注重景观中的岩石。日本庭院中的“庭石”不可或缺，中国庭院中的“峰”必不可少。与其说那些是石头倒不如说是岩石，比起横向排列，纵向耸立的景观更受欢迎。中国庭院中的峰也会尽可能选用水中的岩石，而不是山上的岩石。这是因为中国的儒雅之士都喜欢山峰的朗润。位于江苏和浙江省内的天池山最令人喜爱，其中的归田石被认为是最上品。人们甚至认为有太湖归田石的庭院和没有归田石的庭院其格局相差甚远。

北宋徽宗皇帝（1100—1125年在位）曾将江南的奇石运至位于中原开封的皇宫。除奇石外他还搜集珍奇花木，运送这些奇石花木的队伍叫做“花石纲”。宋徽宗的这一举措给百姓带来了痛苦，也使国家财政面临危机，最终导致各地发生叛乱，其中就有《水浒传》中写到的宋江等人。金军攻打开封时，北宋军队无力抵抗。史家批判宋徽宗的“花石纲”

导致了北宋的灭亡。在深水中开采巨石绝非易事，阻碍巨石搬运的民宅也都被摧毁了。

由于北方没有这些珍稀资源，（黄河水底是黄土砂石，不可能有圆润的岩石。）所以纵使耗费大量人力物力，宋徽宗也要将这些江南的珍木奇石运到开封，并建造了名为“艮岳”的人工庭院，在北方的开封打造富有江南风韵的园林。倾其国力做这般事情自然不会得民心，但这却是一流艺术家徽宗皇帝的个人愿望，亦或是中国人无论如何也想要实现的一个悲壮宏愿。

北有南无，南有北无。资源分配的多样性虽然也有好处，但有时却会让人为此而感到懊恼。在沙漠中明明一滴水都显得如此珍贵，但在其他地区却可能因河水泛滥、水资源流失而危及人畜。见此情景，我们会想要将泛滥的河水引到沙漠吧。宋徽宗大权在握，尽管将江南的奇石花木搬运到中原需要付出极高的代价，但最终他还是实现了这一愿望。

到访北京的游客一定会去的颐和园也是如此。清乾隆皇帝（1735—1795年在位）十分喜爱江南风景，曾多次南下江南。此外，在为皇太后庆祝六十大寿之际，乾隆皇帝下令在建于明代的好山园旧址兴建大报恩延寿寺，并将周围都设计为具有江南风情的庭园。虽然把山命名为“万寿山”，把湖命名为“昆明湖”，但都是人工打造的“赝品”。颐和园最初叫“清漪园”，慈禧太后时期改名为“颐和园”。颐和园中连接昆明湖东岸与南湖岛的十七孔桥和昆明湖长堤上的玉带桥，也是富有江南风情的景观。

中国南北分裂时期，对于北方人来说江南是他们的向往之地。例如在12世纪中期，宋金南北对立，大金皇帝海陵王有吞并南宋的远大抱负，便将杭州（南宋的首都）的山水、城市、宫殿等画于屏风之上，并附上“提兵百万西湖上，立马吴山第一峰”这首激越豪迈的诗歌。在远征途中，海陵王被部下杀害，最终没能实现其吞并南宋的野心。海陵王之后的第六代金朝皇帝金章宗书写的字体与北宋的皇帝宋徽宗的极为相似，他就是以宋徽宗的书法为范本练成的。从这一点也能看出他更倾心于南方。

南北方长期处于分裂状态，隋朝（581—619）最终打败了位于南方的陈朝，实现了南北统一，并最先开凿大运河。即使动用军事力量实现了全国统一，但实际上若是不能把南方的资源运输到北方，就不能算是真正的统一。隋朝大运河对此后历朝历代的发展都产生了重要影响。

中国幅员辽阔，人、物、景观多种多样。然而，这种多样性绝不意味着它们各自分散。南北方、东西部互通有无，建立一个完整的“天下”才是最理想的状态。所以，即使在分裂时代人们也没有甘心于此，而始终心怀一统天下的祈愿，最终实现了全国统一。

中国是一致性与多样性的统一，今后也将持续这种状态。

（1986年2月）

承载历史的母亲河

俗话说“黄河千年一清”。黄河就像它的名字一样，黄色的河水浑浊不清，但传说千年也能变清一次。因为千年才有一次，所以被人们认为是奇观。奇观一出必有圣贤，此乃是天下太平的祥瑞之兆。

我记得曾经在哪里读到过造反团在准备奋起时便会宣传“河清”的故事。在中国，只要说到“河”就是特指黄河，“江”则指长江（扬子江）。总之，“黄河清”是社会变革的前兆，意在预告人们现在的政权迟早会改变。

然而，同一王朝中既有将“黄河清”作为下一朝代可能会有圣天子出现的预兆，也有将其作为在位皇帝最终会成为圣天子的前兆，这并非无法理解的事情。对于现任政权或是想将其推翻的势力来说，“黄河清”这一现象都是值得宣传的事情。从他们的解释来看，无论哪种说法都合乎情理，这的确就像“母亲河黄河”一样，给人宽容豁达之感。

《后汉书》本纪中能看到延熹八年（165）四月和次年四月有“河水清”的记载。但此后并没有出现圣天子，反而出现了《三国志》中的大动乱。东汉王朝在黄河水变清后的半个世纪走向了灭亡，曹操掌握实权使东汉皇帝成为傀儡实则要更早。上文记载的是济阴、东郡、济北等地河水变清之事，它们只是黄河的支流。从结果来看，应该说河水变清这件事对东汉王朝来说，不是祥兆反而是不祥之兆吧。

史书中记载着在南朝宋的元嘉年间（424—453）黄河水变清澈一事，当时人们欣喜地认为这是“美瑞”。然而宋朝却在此后半个世纪走向了灭亡。

也有记载唐代贞观十四年（640）黄河水变清，文人作歌庆祝之事。唐朝在此后260多年尚存，不得不说这是一件值得庆幸的事情。但短期来看，具有政治领导才能的太宗死后，体弱多病、昏庸懦弱的高宗继位，最终武则天掌握了朝政实权，一时间建立了武周王朝，对于唐朝来说，这并不是值得庆幸的前兆。

文献中能看到的“河清”记载几乎都是黄河的一部分或是其支流，并没有黄河整体河水变清的记载。因为毕竟是千年一次，所以又有了“河清难俟”这个成语。河水变清一直被认为是不可能的现象。

或许人们就是这样伫立于永远不会变清的黄河边，想象着河水澄澈的样子吧。换言之，这可能也意味着有圣天子出现的时代是一种幻想。

黄河河水浑浊不清是因为水流中混有黄土且水流湍急。虽然河水表面看似平静，但水下却汹涌湍急。自古就称黄河是“一石水，六斗泥”，黄河无疑是一条泥水河。据说在水流湍急之处，还有鱼因吞食泥沙窒息而亡漂浮到水面的现象。

河水变清应该只是因为水流在某处被拦截，于是便出现了黄河水变清的现象。这样来看，史书中不时出现的“河清”的记载并不是地方谎报。

如此浑浊的黄河水在建了水库的地区也会变得十分清澈。今后黄河流域可能会修建更多的水库，目前最大的水库是兰州附近的刘家峡水库。

黄河从青海流入甘肃，在邻近兰州地区的地方与支流洮河汇合，附近就是刘家峡，巨大的水库就建在那里。由于黄河水流被水库拦截，那儿的黄河水自然是非常清澈的。一九七五年我曾去过刘家峡，九年后再次到访那里。初次到访时水库才新建不久，修建水库形成的人工湖大小与日本的琵琶湖相当，水库周围的土地、山坡还是一片荒凉，似乎没能充分利用这些水资源。但当我再次到访时，这里早已是一片绿意盎然。我两次到访都是在8月末，而造成两次所见景观差异的原因并不是季节不同所致的。

虽然在这里没有详细的说明，但一定会有很多人认为这都得益于“变清澈了的黄河”。

洮河与黄河交汇，因其河底石头可以做成优质砚台而被人们熟知。美丽的绿石制成的砚台叫做“洮砚”，名气颇高，和“端溪砚”齐名。由于洮河水流湍急，开采潜在水底的石头并非易事，所以洮砚具有稀有价值。然而修建水库后，水流自然而然变得平缓，采石作业也变得容易了，而且现在也能用炸药进行采石。初次到访时我问了一个问题：“多开采一些的话价格就会便宜吧？”向导如是回答了我的问题：“供给增加，需求也会增加。”

以前仅有部分阶层的人会喜欢砚台，现在喜欢砚台的人数正在增加。人口绝对数量在不断增加，加上日本书法爱好者，恐怕如今砚台的需求量会达到百年前无法比拟之多。其实，开采石头制造砚台只是黄河变清后带给我们的诸多益处之一。

除灌溉、发电外，人们还可以在水库养鱼。但是，据说在刘家峡水库养鱼之初，鱼苗都是从武汉运过来的，也就是说是将长江里的鱼放到黄河里。说到鱼的味道，长江的要胜过黄河的。那是必然的了，因为黄河里的鱼群饮入了太多泥沙。

据说鲤鱼跃龙门的故事就发生在山西省黄河沿岸的河津县一带，那里还有一座名为“龙门山”的山峰。龙门三级是指三段瀑布，鱼儿们很难跃过。但一旦跃过这三段瀑布，鱼就会化身为龙；而没能跃过龙门的鱼便会跌落下来点额。这与官吏录用考试类似，多数为落地者，能够及第的人少之又少。一旦及第就相当于在这条精英路上勇往直前，所以可以将其比喻为“龙”。在中国将科举落第称为“点额”就源于跃龙门失败的鱼点额而归之意，白居易有这样一首诗：

五度龙门点额回，
却缘多艺复多才。

虽说黄河里的鱼不够美味，但很早以前在《诗经》中却写到黄河因鲤鱼和鲂鱼非常美味而出名。俗话说“洛鲤伊鲂，贵于牛羊”。洛水是黄河的一条支流，位于其北部的洛阳是中国的古都。秦朝的咸阳和汉唐的长安也都位于黄河支流的渭水河畔一带。位于黄河河畔的大城市寥寥可数，大概只有上游的兰州和下游的济南。黄河在给予人们恩惠的同时也带来了洪水灾难。虽说是母亲河，但过于靠近她时就会感到无比恐惧，所以人们也只能居住在支流附近了。

君不见，黄河之水天上来，
奔流到海不复回。

这是李白诗歌中的一节。黄河既有水流湍急之处又有水流平缓地带。但是，人们偶尔看到的河水泛滥景象深刻于心，所以一提到黄河定会浮现出“奔流”的印象。如何治理汹涌的河水呢？人们绞尽脑汁着手解决这一问题。为了更好地生存，人们不断磨炼着自己的智慧。这也许是黄河流域能够孕育出文明的重要原因之一吧。

在中国，人们认为包括人类在内的宇宙万物都有其遵循的法则。圣人的工作就是按照法则治理国家、管理社会。那么圣人为什么会知道那些法则呢？据说，古代中国人坚信母亲河黄河会给人们启示，教人法则。

“河图洛书”的传说讲述的就是这一问题。神话中伏羲时代，有龙马从黄河出现，背上附图，即“河图”，伏羲根据“河图”画成了八卦。所谓洛书，是相传夏王朝的始祖大禹的时代，从洛水中浮出一只神龟，其背甲九宫花纹上所刻的数字。大禹因治水有功而被推上天子之位，洛书就出现在他治水之时。

在《论语·子罕》中能看到亲眼目睹春秋乱世的孔子咏叹“凤鸟不至，河不出图，吾已矣夫”。

“凤鸟”是圣天子出现的前兆，“河图”无疑是圣天子要遵循的法则。“河图洛水”的传说难道不是象征着在人们治理黄河过程中累积的各种经验和知识吗？

对于中国而言，黄河——永远的未解之题，才是所有法则的源泉。然而这些法则并不是被谁所赋予的，而是中国人民通过努力提炼出的经验教训。

唐垂拱四年（688），掌政的武则天想要建立自己的新王朝，就令人在白石上刻上了“圣母临人，永昌帝业”，谎称这块白石是从洛水中打捞出来的，并称为“宝图”，将其称为圣天子出现的吉祥之兆，甚至还举行了感谢洛水之神的仪式。武则天这一举动利用了“河图洛书”的传说，但不得不说，蕴藏在传说中至关重要的教训却被遗忘了。

承载着中华民族悠久历史的黄河，今后也将继续为中国带来难题与挑战。当难以应对这些难题与挑战时，我们不妨换个心情、换个角度去眺望黄河。王之涣就曾这样咏唱：

白日依山尽，黄河入海流。
欲穷千里目，更上一层楼。

（1985年5月）

拜谒黄帝陵

黄帝是传说中的圣天子，据《史记》记载黄帝姓公孙，名轩辕，驾崩后葬于桥山。现陕西省黄陵县（原中部县）的桥山就被认为是黄帝所葬之处。

虽说是“三皇五帝”，但三皇的神话色彩过于浓重，五帝时期才开始渐渐有了历史气息，就连司马迁也是从五帝时期开始记述历史的，因此中国人认为五帝之首黄帝即为自己的祖先。无论他是否真实存在，黄帝始终是中国人象征意义上的祖先。

1903年，年轻时期的鲁迅在东京剪掉辫子以示参加民族革命之决心，还写下了这样一句诗：“我以我血荐轩辕。”“荐”是敬献供品之意，所以鲁迅是想将自己的鲜血献给始祖黄帝。辛亥革命（1911）重要推动力之一的革命团体“华兴会”将带有黄帝像的徽章作为会员徽章。

稍微仔细观察一下，你就会发现民国成立时以孙文的名义写的文件日期中“民国元年”这一部分，还特意贴了一张纸。往下面看的话，能读出“黄帝纪元四六〇九年”。据说革命后似乎也曾采用过黄帝纪元的方案，但因为对于民主共和国而言“帝”字显得不太合适而最终停用。

今年4月5日我拜谒了黄帝陵。每年清明（4月5日，中国扫墓祭祖之日），陕西省政府都会在黄帝陵举行公祭。从去年开始，海外的华人也作为陪祭者受到邀请。我去年也收到了邀请，但因为有事无法参加，便请求推迟了一年。按照约定，今年来祭拜始祖之墓，按中国的说法叫做“扫墓”。

从西安市出发，向北行驶约五个小时，全线铺设快速干道，经过铜川市到达黄陵县。黄陵县位于西安和延安的中间地带。西安事变（1936）时，这里到处都弥漫着紧张的气息吧。抗日战争中，立志要到延安的青年们，应该是从西安途经这条路跋涉而来的，但由于当时还没有铺路，所以在那个时候，这条路一定十分险峻。

桥山的坟墓矮小。传说是因为黄帝驾崩后乘龙升天，人们将其衣物埋葬于此。山脚下有轩辕庙、历代的石碑等很多文化遗产。在历代皇帝祭拜黄帝的祭文中，现存最古老的是明太祖洪武四年（1371）的祭文：

朕生后世，为民于草野之间。当有元失驭，天下纷纭，乃乘群雄大乱之秋，集众用武。荷皇天后土眷佑，遂平暴乱，以有天下，主宰庶民，今已四年矣。

祭文这样开始无疑是在向先祖报告天下太平。清代皇帝也经常派遣使者到黄帝陵，但并不是在清明时节，而是在皇帝生日宴会、平定西藏和新疆战乱之时，采取后代向始祖报告的“祭告”形式。

黄帝不仅仅是汉族的始祖。在《魏书》中有记载，北魏鲜卑族王朝的远祖是黄帝之子昌意最小的儿子。《史记》的匈奴列传中记载道：匈奴虽是夏后氏的苗裔，但夏后氏是黄帝的子孙。就连西域地区的安息（帕提亚）也是黄帝的孙子开创的国家。黄帝有25个子嗣，分封于各地。清朝皇帝恭敬地到黄帝陵祭拜也是理所当然的事吧。

辛亥革命后，虽然暂时一段时间没有通用格式的祭祀记录，但还留有民国二十四年（1935）起写的祭文。值得一提的是，在国共合作的第二年，即民国二十六年（1937）的清明节，三种祭文在黄帝陵前依次得以宣读：

第一种：中国国民党中央执行委员会委派张继和顾祝同诵读的祭文。

第二种：国民政府主席林森委派陕西省主席孙蔚如诵读的祭文。

第三种：中国苏维埃政府主席毛泽东和抗日红军总司令朱德委派林祖函宣读的祭文。

在第三种祭文中有这样的表述：

> 琉台（琉球和台湾）不守，三韩为墟，辽海燕冀（满洲、河北地区），汉奸何多……

同时，这第三种祭文还报告了卢沟桥事变爆发三个月前的状况，并昭告明志："坚决抵抗，民主共和，改革内政，亿兆一心，战则必胜，还我河山，卫我主权。"

1955年起，开始公祭黄帝陵，祭文文体变为白话文，结尾处还加上了"尚飨"这样祭文常用的套话结语。从1962年起的19年间，公祭活动中断，1980年又恢复了。文体似乎也回归到了以前的祭文文体，今年的祭文既工整又有韵律。它的结尾这样写道：

> ……文化昌盛，经济繁荣。一国两制，五洲共钦。祖国一统，华胄同心。昆仑毓秀，黄河澄清。美好现

实，锦绣前程。人歌乐土，史著丰功，敬告我祖，以慰威灵。尚飨。

从现在中国的主流思想唯物史观来看，把未被证实真实存在的传说人物作为中国各民族的始祖并供奉起来是不科学的。但从人们将黄帝陵的清明公祭作为报告形势、宣示决心的场所来看，不难想到供奉始祖已经成为一种超越理性而又被民族情感所认同的行为了。

黄帝陵的公祭典礼以奏乐为开端，据说这段乐曲是胡笳十八拍中的一段。然后，敬献鲜花，行三鞠躬礼，诵读祭文。最后，鸣放爆竹，主祭和陪祭人绕行陵墓一周，典礼结束。伫立于松柏苍茂的桥山之上，秀丽美景尽数收于眼底。蓦然间，我不禁把从伊势神宫[①]与大和之山[②]眺望到的宝地景色与眼前的美景重叠交织在了一起。

（1987年6月）

---

① 位于日本三重县伊势市的神社，主要由内宫和外宫构成，创建时间不晚于持统天皇四年（690），日本史学界一般认为创建于天武天皇时期，其建筑样式来源于日本弥生时代的米仓。

② 位于奈良县的大和三山，即耳成山、天香具山和亩傍山。

泰山之事

《水浒传》第74回中有这样一幕：在东岳庙的相扑比赛中，蝉联两年的相扑冠军任原被梁山豪杰燕青猛摔出去。自不必说，其中的“东岳”指的就是“泰山”，东岳庙位于泰山山麓的泰安市，一般称之为“岱庙”。《水浒传》中写道，燕青是在三月二十八日这天打擂的，而这天恰逢天齐圣帝（泰山山神东岳大帝的封号）诞辰日的庙会。

今年（1980）5月11日我登上了泰山。很偶然，这天恰逢阴历三月二十八日。听说泰安城拥挤不堪，近郊有十万人蜂拥而至。

车站前面挂着横幅，上面写着“泰城春季物资交流大会”几个大字。虽然这一活动被命名为“物资交流大会”，但其实就是庙会。每年，自阴历三月二十八日起，举行为期半个月的庙会。我问当地人，他们很少有人说“泰城春季物资交流大会”，多数人都会像以前那样将其称为“庙会”。河畔上排列着搭着帐篷的小戏台，部分街道被地摊淹没。无论怎么走，映入眼帘的都是人头攒动、遍地摆摊的景象。就连算命先生也开了一家店，招牌上写着几个有趣的字：为人民服务解决痛苦。

我登泰山那天不巧天公不作美，赶上了雨天。全身湿漉漉的倒无大碍，但因为有雾没办法远眺就让我感到有些遗憾了。同行的当地人安慰我说登泰山重在攀登，景色是次要的。

即使冒着雨也有很多人前来登泰山。尤其是这天是泰山之神的诞辰，人们可能认为会比一般的日子更灵验吧，上山的队伍几乎从不间断。但一眼望去三分之二都是女性，其中又以老奶奶居多。让我感到惊讶的是：缠足的老奶奶们几乎都拄着比自己还要高的拐杖，一身轻松似的上下山。

泰山的海拔在地图上显示是1524米，但在泰山管理局发行的手册上却变成了1545米。虽说山未必会有那么高，但从山麓到山顶，大部分铺设的都是石阶，同行下山的小田数了数，大约有8000级。我在登泰山后的三天左右依然感到双腿酸痛、抬腿困难，十分痛苦，第一次体会到由于疼痛无法屈膝的感觉。

尽管如此，还有六七十岁的老奶奶迈着碎步在泰山爬上爬下。《水浒传》中写道，三月二十八日这天是天齐圣帝（道教中地位最高的神，即“玉皇大帝”）的诞辰。泰山的山顶叫“玉皇顶（别名天柱峰）”，那里有座玉皇庙。但当地人却认为泰山山神祭祀在玉皇庙下面的碧霞祠中，泰山山神是一位名为“碧霞元君”的女神，据说是天齐圣帝的女儿。碧霞祠俗称“娘娘庙”，阴历三月二十八日好像被认为是“娘娘的生日”——碧霞元君的诞辰。因为碧霞元君是一位女神，所以来参拜的游客中女性居多，但年轻的女性不多，老奶奶们的身影较为常见。同行的当地年轻人似乎认为泰山山神是“泰山奶奶”之神。

以前，泰山是皇帝举行封禅仪式的地方。在泰山上筑土祭天为“封”；在泰山下辟场祭地为“禅”。封于高处，禅于低处。这可能源于人们想更接近天地的愿望吧。泰山山脚下有一处名为梁父的地方，所谓的封禅也就是“封泰山禅梁父”。

一般的皇帝是不允许举行封禅仪式的，只有真正为天下带来太平的圣天子才能举行封禅仪式。司马迁的父亲司马谈因没能出席汉武帝的封禅仪式而悔恨欲死。临终前他握着儿子司马迁的手并嘱咐司马迁编写《史记》，让父母的名字出现在《史记》中，以弥补他的遗憾。

这样有来历的泰山却不能自有其尊，被女神抢占了主导地位，《五杂俎》（十七世纪初，明代随笔集）中曾叹息“其倒置亦甚矣”。

因为登山有益于健康，所以老奶奶登上险峻的泰山来锻炼腰腿也并不是什么令人感到可悲的事。据说，在1980年春节期间，碧霞祠里的香火钱多达1万元。此外，五一劳动节期间，虽说下雨，但仅泰安火车站的旅客量就有8万人，加上乘坐公共汽车来的人和当地人，听说10万余人登了顶。似乎只有这一天会有很多年轻人来登山。

以前好像有坐轿子登山的人，但这样就不能称之为真正意义上的登山。和庐山相同，泰山也有健壮的挑山工，但早已不见轿夫的身影。如果想登泰山，还是用自己的双脚攀登吧。尽管如此，日本企业还计划在泰山山顶设置缆车。虽然是作为观光资源而进行的投资，但即使有了缆车，我希望年轻的一代也不要示弱于当地的老奶奶们，要一路攀登，到达泰山顶峰。

（1981年1月）

黄山兴

“看余已发黄山兴”。

17世纪，清初有名的文人、画家梅清受访于从黄山归来的画家石涛，石涛赠画一幅，于是梅清作长诗《石公从黄山来宛见贻佳画答以长歌》相和。其结尾正是本文开头所书的诗句。

黄山是中国画家们心中的向往之地。不知黄山无以论山水。但其被称作“黄山”则是始于唐的天宝六载（747），在这之前似乎被称为“黟山”。

中国的画家几乎游尽了天下名山，其中黄山最受欢迎。说到天下名山，有泰山、嵩山、华山、峨眉山等，它们主要是作为信仰之地而闻名。黄山则是诗人和画家们的向往之山，也是中国佛教的中心地之一。

传说黄帝带领容成子和浮丘公等仙人一起，在这里采仙药，炼制仙丹。天宝六载敕命改称为“黄山”，以纪念黄帝。黄山虽没有浓厚的宗教色彩，但也因太古圣帝和仙人的传说多少染上了一些宗教的气息。传说黄山有三十六峰的绝景，云在陡峭山壁上飘荡蜿蜒。

黄山多松树。名墨“黄山松烟”就是用优质的黄山松烧制的碳而制成的。黄山山系的南麓地带有一个叫做“歙县”的城镇，自古以来就以名墨产地而闻名。跟其他产业不同，墨是一种文化性商品，这里的氛围与黄山的秀丽结合在一起，呈现出一种极致的优雅。

据说黄山除三十六峰外，还有二十四溪、十二洞、八岩。从那里流来的水在歙县一带与各个川流汇聚成河，叫做“新安江”，进入浙江省境内，与从江西方向流来的衢江汇成富春江，流入杭州。杭州是南宋的首都，正如马可·波罗的《东方见闻录》中所记载的，它是世界上屈指可数的大城市。这意味着新安江流域与中国文化的中心地直接相连。这片流域因黄山的名胜、歙县的名墨以及与之相连的杭州的海路，和更多陌生的土地紧密相连。

我们需要知道黄山不仅仅是江南的名山，在文化、经济方面也具有深厚的背景。

14世纪，主宰中国的明朝，以朴素为政治思想，并采取了农本主义。众所周知，那个时代有着农民许穿绸纱绢布、商贾之家不得穿的规定。可见那是一个轻贱商人的时代，但从明朝中期开始商人得以崛起。这是因为明朝在财政上陷入走投无路的僵局，将实物缴纳的税制转换为金钱缴纳的形式，这在很大程度上加速了商人地位的提升。

在崛起的商人团体中，最有实力的是出身于黄山南麓地区的人们，因新安江流经那里，所以他们被称为“新安商人”。黄山的水流经杭州，杭州通过水路与各种各样的消费地和产地相连。因此新安商人拥有物资流通的所有信息。他们跻身于北京的宫廷中，也不断地扩张海外市场。

盘踞日本五岛的明代商人王直是安徽歙县人，所以也是新安商人。我一直在想他会不会是被有组织性的新安商人集团派遣至日本的驻留人员。而这个在黄山山水中长大的王直，也因此与日本结下了不解之缘。

在新安商人发展的黄金时期，黄山周边的经济也自然而然地随之发达了起来。在生活宽裕富足的地方，艺术的花儿也随之绽放。在那些竭力想要描绘美好事物的人面前，一种罕见的美出现了——黄山之美。

对于新安的画家们来说，紧邻黄山是最大的幸福。在三十六峰中，凌空的天都峰、芙蓉峰或是朱砂峰等是最能勾起画家们创作欲的绝胜美景，因此很多人描画过黄山。因黄山山系的西北诸山类似陕西省东部的神圣华山，所以被称为“小华山”。话虽如此，但那只是黄山的一部分。黄山是一个不适合用“小”这个形容词来形容的山系，它绵亘不断，涵盖了诸多景观。

明代宫廷画家丁云鹏和后来出家的弘仁、清朝中期的奚冈等大画家都把歙县作为故乡。明末清初的法若真虽出生于山东省胶州，但作为出任安徽布政使（行政长官）一职的高官，也成为了黄山的拥趸。他将“黄山”作为自己的雅号，并将自己的诗集命名为《黄山诗留》。位于斯德哥尔摩的东方博物馆中收藏的法若真的山水画描绘的就是黄山。这幅画中的黄山与现代相机拍摄出的实物有着许多相通之处。

不仅是出生于歙县的人，被称为大画家的人也必定会游览黄山，比如石涛，《黄山图卷》可以说是他的代表作了吧。石涛作为明末宗室（广义的皇族）一员，在景色秀美的桂林长大，但明朝灭亡后他以僧人形象云游各地。他最爱的是黄山的风景，毋庸置疑，描绘黄山风景的作品是他的最高杰作。他曾多次游览黄山。黄山的北麓有一座叫宣城的城镇，那里居住着前面提到的梅清。石涛在往来于黄山之时经常会拜访梅清。

因新安江流经黄山南麓，所以出生于北麓宣城的梅清，也不能完全算是新安画家。但是在与黄山这伟大山水相连这一点上他们是相同的，因而可以把他们总称为“黄山派”。不管出身何处，以黄山为号的法若真与创作了《黄山图卷》的石涛等也可以说是黄山派。早晚经常从北面眺望黄山的梅清也是黄山派，他的代表作是现收藏于上海博物馆的《黄山炼丹台图》。这幅画描绘的是前面所述的传说中的炼丹台，淋漓尽致地呈现出黄山绝佳美景的精髓——浮云暗自流动，层层叠叠环绕诸峰，拨开云间一角得以窥见炼丹台全景。

有一次，去黄山写生的石涛到宣城拜访梅清并赠与其画。梅清似乎也曾将自己游览泰山时作的画赠与石涛。本文开头处提到的长诗中有这样几句：

我写泰山云
云向石涛飞
公写黄山云
去染瞿硎衣

梅清号瞿山，也许是为了避免山字的频繁出现，他将自己的“山”字改为“硎”（意为“石头”），其大作《黄山云海图》被赞为“烟云历落、枝干奇古”。虽然是自己平日里再熟悉不过的黄山，但梅清收到石涛赠送的黄山画时，还是有感而发出“黄山兴”的赞叹。

（1985年2月）

丝绸之路的魅力

我至今仍难忘第一次踏入吐鲁番的火焰山中，看见柏孜克里克石窟旁美丽的黄色沙山像美女的乳房一样映照在蔚蓝天空中时的感动。

乘吉普车行驶在帕米尔群山之间，穿过险路，带有慕士塔格·阿塔蓝色的银岭出现在眼前时的喜悦仿佛就发生在昨日，萦绕在心田。

没有一草一木的火焰山、被冰覆盖的慕士塔格·阿塔，为什么看起来那么美？或许这就是丝绸之路的魅力之一吧。

人们通过邂逅、相互交往，促生出各种各样的智慧。丝绸如此，纸如此，玻璃如此，青铜铸造的技术也如此。可以说思想和信仰就是智慧本身。智慧不是单独存在的，其所蕴含的能量会不断传递，更会延伸到人类居住地以外的其他地方。丝绸之路是这种智慧的重要传播途径。 从这种意义上来看，丝绸之路散发着耀眼的光芒。而这种光芒永远吸引着我们。

比如说，去敦煌看看吧。在那里我们就会邂逅北凉、北魏时期的佛像和壁画。

据说著名的交脚菩萨是五世纪初的作品。在那个时代，从印度传来的佛教，拥有着浓厚的诞生地的色彩。轻薄的衣裳让人想到异国风情，胸前的土耳其蓝让人想到遥远的西方。

北魏壁画中的飞天，裙摆飞扬，诚如天竺。到了隋以后，衣裳开始变厚，逐渐转变为中国风格。过了融合探索的时期，飞天这一原本从异域传来的艺术形象也能够以中国独特的创作方式表现出来了。敦煌壁画很早就描绘了中国神话中出现的王母娘娘形象。尽管如此，来自东方的游客仍能在这里感受到浓郁的西域色彩。而来自西方的游客则感觉在这里终于接触到了东方的艺术表现形式。

穿越沙漠进入绿洲的游客，可以在葡萄架旁的溪谷边抚慰旅愁。吐鲁番、喀什都有很大的伊斯兰教寺院，尖塔耸立在蓝天下。随着佛教的传播，拜火教、摩尼教、聂斯托利派基督教也随之传入，现在这一带已成为伊斯兰教区域。

我们可以在丝绸之路所及之处追寻历史的痕迹，还可以缅怀曾穿行此地的先人们，西汉朝的张骞，东汉的班超、甘英，十六国时期的法显、唐朝的三藏法师玄奘，甚至是年轻时的马可·波罗等人。

对于厌倦了沙漠黄色的人们来说，比起绿洲的绿色，最能洗涤心灵的或许是眺望天山、昆仑山或葱岭（帕米尔高原的古代称呼）的银岭吧。

结伴而行的骆驼商队，一队又一队缓缓地穿过沙漠，在绿洲与从对面而来的商队相遇。互相交换走过的道路信息，祈祷一路平安，第二天，各奔东西分别而行。这就是文化的诞生和交流的原型。

现代的人类，似乎终于意识到自己遗忘了某些东西。那到底忘记了什么呢？丝绸之路难道不是为我们能够想起这些提供了一些线索吗？

我认为丝绸之路的魅力不仅仅在于那些奇景，更有那些令人才思泉涌、深化精神修养的力量。

（1988年5月）

再会西域

中国的“西域”之所以被称作是“考古学和古代美术的宝库”，大概是因为气候的原因。年降雨量10毫米或20毫米，这样的数字几乎相当于不下雨。在这样的干燥地区，埋藏在地下的文化遗产几乎被完整地保存了下来。

例如，在当今的日本，围绕着邪马台国的《三国志》中的魏志倭人传论非常盛行。但是，现在的《三国志》原著中最古老的是12世纪的南宋绍兴本，距3世纪陈寿所著的《三国志》已过去了900多年。但从新疆维吾尔自治区鄯善县的遗迹中发现了4世纪晋代的抄本。遗憾的是，这仅仅是吴志的一小部分，不包含魏志。但将来很有可能会发现魏志部分的古本。那样的话，邪马台国很多问题就会水落石出。如果想要发现古本，新疆、甘肃西部等干燥地区被认为是最佳的候选地。

我于1973年到过新疆的乌鲁木齐、吐鲁番，1975年到过甘肃省敦煌，1977年到过新疆的喀什、和田，每隔一年走访一次西部。1973年去乌鲁木齐的时候参观了博物馆，正好那个时期在北京故宫博物院举行了文物展，其中有很多展品来自新疆。博物馆的一位副主任感到很抱歉，她说："很遗憾，有价值的文物基本上都送到北京去了。"

除了那些被送到北京展出的文物以外，特别贵重以及对温度、湿度、光和热等敏感的文物则被妥善地收藏起来，馆内的展览现场有时会陈列其摹本或复制品。在乌鲁木齐博物馆展出的《伏羲女娲图》也在夹注中说明其是一幅摹本。去敦煌的那一年（1975），正好在北京故宫博物院的一个角落举行了"明清绘画展"。所以，在众多的明清画中，只有一幅徐渭的《驴背吟诗图》在说明板中注明了原本收藏在北京故宫博物院，这是一幅摹本。

如此慎重对待、珍惜文化遗产的态度是中国自古以来的传统。但在封建时代这些文化遗产却被一部分人所独占。我们或许可以将那些令人叹为观止而又数不胜数的珍藏品——它们过去收藏于故宫博物院——都看作独属于皇帝一人的吧。到了清代，其数量越来越多，即使鉴赏一件文物仅用一分钟，从早到晚不断地鉴赏，一辈子也看不完所有的藏品。

即便如此，当时的皇帝也不想给别人看自己还没看过的东西。而如今这些珍藏品向普通人公开展示，任何人都能够接触到自己的祖先们所创造的艺术成就了。

走访敦煌时，敦煌文物研究所的人们对待文化遗产慎重认真的态度让我深受感动。被挖掘了近500个石窟寺的敦煌鸣沙山，实际上曾因岩质脆弱被注入了凝固剂进行加固。填补龟裂，使岩体表面突出，防止日光直射等，这些虽然都是不起眼的工作，但做起来却十分费劲辛苦。在敦煌也盛行制作摹本和复制品。

北京地铁工程开始施工时，最有名的一个故事是，按最初的计划应该拆除元代天文台的地基。得知这个消息后，周恩来总理下令地铁线路绕行。听说大同云岗石窟的维修也是周总理亲自下的令。

话题回到乌鲁木齐博物馆，那个副主任对我深感抱歉，但我在去乌鲁木齐之前已经参观过故宫博物院的出土文物展了，其中一部分也在日本进行了公开展览。人们在古墓中发现了干燥硬实的唐代饺子和花形的点心。点心虽不能称为美术品，但很受大家欢迎。即便是在北京故宫博物院，唐代点心展柜前也聚集了很多人。1977年我在名古屋参观了“中华人民共和国出土文物展”，人们聚集在展出的梅花形点心前，不断地发出感叹。这种百姓的民间风土味无论是在中国还是在日本都毫无二致。

在北京故宫博物院和日本各地展出的新疆维吾尔自治区博物馆（为方便起见可以称为“乌鲁木齐博物馆”）收藏的文化遗产大都是1966年至1973年间，从200余座新疆吐鲁番县阿斯塔那古墓中发掘出来的文物。

吐鲁番盆地过去有一个叫高昌的国家，是西域国家中罕见的汉族王朝。众所周知，三藏法师玄奘去天竺取经时，中途落脚于高昌国，受到了国王的热情款待。虽然玄奘约定了在返程时会再次拜访，但却未能到高昌。因为他在印度逗留期间，高昌为唐朝所灭。

当然，我们走访了高昌的遗迹。从现在的吐鲁番市出发，乘车向东行驶约30分钟就会看到写着“高昌古城”的标牌立在那里。在当地的语言中，高昌古城被称为“哈拉和卓”。它是周长约6公里的长方形城市遗迹，里面到处残留着唐代的建筑物。

虽是汉族王朝，但不可思议的是，遗迹显现的却是伊朗风格，主要的建材是土砖。这些土砖不是烧制而成的，而是由夯土经日光晒干而成。能够使用这样的建材也是因为该地域几乎不下雨的缘故。残留下来的大多是寺院和宫殿等大规模建筑。平民居住的简陋房屋早就倒塌了吧。因此在漫天黄色的哈拉和卓遗迹中，能够展现当时百姓生活的东西并不多。

居住在这座城内的人们的墓地就是阿斯塔那。虽位于城外西北约五百米处，但第一次走访（1973）的时候，我们并没有去那里，而是赶往了下一站。一方面是为了节省时间，另一方面则是因为阿斯塔那的光辉存于地下，所以只能远眺地上部分。相比之下，我们更倾向于柏孜克里克。木头沟河西岸的悬崖边建造了很多的石窟寺。柏孜克里克似乎有着“用壁画装饰着的土地”之意。

两年后，我参观了敦煌石窟的大壁画，与之相比，柏孜克里克石窟的壁画显得萧索凄凉。本世纪初，德国的勒柯克和英国的斯坦因等在这里切割剥取了大量的壁画。或许是因为用于运输剥下的壁画的骆驼比较少，他们想留着打算下次再搬运，所以还留下了一些壁画。想想这还真是令人心痛。

我一生都忘不了柏孜克里克背后的沙丘。弥漫细沙的圆锥形山丘，每次都随着道路的转变而改变模样。如果你认为它看起来像富士山的话，它却又变成了扣碗的形状，时而变成微尖的三角形，时而让人联想到乳房。最让人印象深刻的是，映衬这黄色山容的蔚蓝天空。这天空可谓湛蓝清澄，但我觉得这样的形容还远远不够，或许是这黄色的山突显了天空的蔚蓝吧。

每当在展览会会场或通过图鉴等与西域文物重逢时，我一定会想起柏孜克里克背后那不可思议的沙丘和蔚蓝的天空。在名古屋文物展会场，除点心以外，我再次见到了彩绘——骑马武士俑、马夫俑、锦衣裙女俑三个彩绘俑。乌鲁木齐博物馆的萨菲特先生当时也在文物展会场，更加深了我对西域的怀念之情。

去敦煌旅游时往返都要经过兰州，返程时我顺便去了甘肃省博物馆。因为它就在我们住的酒店的正对面，所以离开兰州的当天上午，我们就把这里当做最后一站进行了参观。幸运的是，陪同我们的是对日本非常熟悉的敦煌文物研究所所长常书鸿先生，我们一边聆听常先生讲解一边进行了参观。

在这里发生了一场不可思议的“邂逅”，就是我看到了甘肃省武威出土的铜骑俑，我之前在北京故宫博物院看到过它们。这里不仅有骑马的人，还有轺车和牵马的马夫，它们组成了一套完整的铜骑俑。因实物正去往北京“出差中”，所以在甘肃省博物馆展出的是复制品。

这一“邂逅”还有后续。在我访问兰州的第二年，即

1976年，在东京和京都举办了“中华人民共和国古代青铜器展”，我再次在京都国立博物馆和这套铜骑俑不期而遇。

在这个古代青铜器展上，还有更多令人欣喜的“邂逅”。让我印象最深刻的是本次展览会的亮点——长信宫灯。它出土于中山靖王刘胜夫妇墓，我曾在北京故宫博物院看到过它。当天一下子看了很多东西，所以不会都记得。但是，这个长信宫灯却给我留下了相当深刻的印象。

在这个展览会上，作为特殊展品，还陈列了唐代的金银工艺品。银碗、银盒、银杯、金碗、银盘、银壶、金水注，这些都收藏在位于西安市的陕西省博物馆。我曾两次到访西安市，每次都参观了博物馆。我记得曾在北京故宫博物院看到过在日本邂逅的金银工艺品。可见我在日本鉴赏到的这些文物都是“出差中”的展品。

这些唐代的金银工艺品，总觉得有一种西域风情。例如装饰在八棱银杯上的人物的的确确有着西域容貌，而唐舞马衔杯纹银壶则被认为是模仿骑马的游牧民族挂在马鞍上的容器。

关于外形，故宫博物院的唐青釉凤首龙柄壶与现在新疆维吾尔自治区吐鲁番、喀什或和田日常使用的水壶基本相同。三彩的骆驼俑虽多，但骑在骆驼上、牵着骆驼的人的容貌大多是眼睛凹陷、高鼻子、胡须多的西域人，仿佛是结束了漫长的丝绸之路之旅，已经到了长安城的感觉。

难怪大家都说，唐代的长安是世界各国的首都。基督教聂斯托利派（景教）、琐罗亚斯德教（祆教）、摩尼教，稍晚一些的伊斯兰教等都在这座城市盛行。在长安的街道上，紫须深目的西域人绝不少见。

但你不可以把唐代的西域色彩看成是异国情调。唐朝长安的人们并没有将从远方而来的人当作异国人来对待。像安禄山一样的胡人成为政界、军界核心人物，日本人阿倍仲麻吕以晁衡这个名字担任秘书监（国立中央图书馆馆长）要职，高仙芝这位出身于高丽的将军，穿越帕米尔高原，在塔拉兹与撒拉逊军作战。对于唐朝人来说，他们绝不是异国人。他们会被认为是骑着骆驼穿越沙漠从远方而来的人。相比“异国情调”，将其称为“具有地方色彩”或许更为合适。

步行于广阔的哈拉和卓遗迹上，脚下踩的一定会是唐代土砖碎片堆砌而成的山丘。在被称作摩尼教寺院遗迹的地方，我从脚下捡起一块碎片放在了手心。这块碎片承载的是1200年的重量。说起摩尼教，它在伊朗受到琐罗亚斯德教的势力迫害，被迫向东流亡传教。不被故国接纳的宗教在高昌地区建立了信仰基地，甚至进一步向东延伸。发生于北宋末期浙江一带的“方腊之乱”是人们众所周知的一页历史，据说支撑方腊引起动乱的根基就是摩尼教。

哈拉和卓的吐鲁番地区还有一个别名叫“锅底”。吐鲁番盆地位于低于海平面154米的低洼处，而乌鲁木齐市海拔为900米左右。所以从乌鲁木齐坐3个小时汽车下行海拔约1000米才能到达盆地，名副其实是锅的底部。这个别名的另一个意思是，一到夏天连日45度的高温（根据勒柯克的考察报告记录，这里气温为50度），仿佛置人于火海之中。

在这样的土地上，即使想通过普通的水渠导入天山消融的雪水，也会在途中蒸发掉。于是，人们修建了名叫“昆那特”的地下水渠。伊朗古代就有昆那特，在中国被称作“坎儿井”。解放后，新疆维吾尔自治区飞跃性地扩大修建坎儿井。坎儿井延伸到的地区变得湿润、可以进行耕种了。

耕地必然要扩展。为此，地下水渠坎儿井成为排头兵，潜入到一直被认为是不毛之地的沙漠地带的地下去改造那里的土地。

登上哈拉和卓的摩尼教寺院遗迹，远望四周，可以看到沙漠中的绿色区域不知不觉越来越接近这遗迹。无需多说，这说明坎儿井一直延伸到了此地。

退沙还耕是一件好事。但哈拉和卓遗迹之所以能够历经一千多年仍旧完好，恰好是因为干燥的气候。土地湿润的话，遗迹或许就会融化消失。如果从遗迹保存这一点来看，土地的湿润化是有弊端的。我试着向同行的乌鲁木齐博物馆的人询问了这件事。他们说：“目前，绿化线止于哈拉和卓近前方。”

每当我在不同的地方遇到西域文物时，心中都会浮现出柏孜克里克的沙丘与蓝天，与此同时，我也会想起站在哈拉和卓的摩尼教寺院遗迹上眺望遍布吐鲁番盆地的蜿蜒绿浪的情景。

（1978年9月）

不可思议的线之连接

由中国境内的丝绸之路越过帕米尔高原，道路分为东西两条。东边的路在吉尔吉特附近汇合到印度河的上游，向北看，喀拉和林白雪皑皑的山岭为东西走向。从现在的巴基斯坦到印度的路也可以称为“信仰之路”或是“佛陀之路”。这是中国的法显与玄奘他们踏上求法之旅的路。

我们根据法显的《佛国记》和玄奘的《大唐西域记》或是他们弟子写的《三藏法师传》等，可以详细了解这条道路在5世纪初以及7世纪中期的样子。无论多险峻的道路都可以将信仰与思想传播过去，致力于传播信仰与思想的人们所经历的艰辛是我们无法想象的。《三藏法师传》中，穿越帕米尔高原的路上，流传着“大头痛山”“小头痛山”的叫法。这恐怕是玄奘在那里有了高原反应的症状。求法、传法的都是少数优秀的人，逐利的商队也很少。可以说这条被称为世界屋脊的险要道路，将中国与印度一分为二了。

不过，阿富汗的开伯尔山口连通了西亚和印度，在某种程度上让信仰与思想的广泛传播成为可能。在印度次大陆的西部形成了现在的巴基斯坦的伊斯兰教圈，可以认为是这种传播所产生的结果。

在日本看来，印度是佛教的结缘之地。当然现在的印度是印度教地区，但并非与佛教没有联系。特别是从密教的视角深度观察时，我们可以在印度找到很多身边之物的源头。佛陀伽耶、那烂陀、瓦拉纳西等佛教圣地自是不言而喻。在那烂陀，可以缅怀到此地求教的唐僧玄奘，更可以联想到从日本渡唐向玄奘求教的道昭等日本僧人，可谓是令人怀念之地。我从初次探访印度之时起，就对此地留有怀念之情。

与此相比，伊斯兰教圈就感觉好像是距离日本很遥远的异界。正因为如此，我们才对那个地方产生了浪漫情怀。那里有着一个承载着我们全部好奇心、令人回味无穷的世界。

虽说是异界，但也不是完全没有联系。通过丝绸之路来到中国，再传到日本的东西也不少。正仓院宝物之中，还有我们今时今日也能观赏到的东西。

中国的很多乐器是由西方传来的。琵琶就是代表之一，四弦的琵琶从伊朗传来，五弦的琵琶从印度传来。因为前者传来时间更早，所以被大家所熟悉吧，而后者不久后在中国被荒废，现在什么也没留下。然而，正仓院里现在仍保存着中国没有留下的五弦琵琶，令我们大为感动。

在伊朗，我最想去的地方是伊斯兰教什叶派中的伊斯玛仪派据守的阿拉穆特（鹰之巢）山。他们暗杀了支配伊朗的土耳其系塞尔柱王朝要员，与十字军的基督教诸侯为敌。使其灭亡的是成吉思汗之孙旭烈兀。与旭烈兀交好的同母哥哥忽必烈曾两次向日本派遣远征军。站在阿拉穆特，进攻这个城池的蒙古大军与博多湾头的蒙古军形象在我的脑海里重叠了。

忽必烈与旭烈兀的生母是聂斯托利派基督教的教徒。就算身在遥远的异界，我们有时也可以看见这些不可思议的线的连接之处。

现在住在阿拉穆特山平静的农村里的居民并非伊斯玛仪派，而是一般的什叶派。令人意外的是，中国帕米尔山中塔什库尔干的塔吉克族据说是伊斯玛仪派。这片土地可谓是让我们充分体会到了历史、思想和信仰相联系的不可思议之处。

（1983年12月）

第二篇

答谢宴上

九月到十月的旅行天数因一些变故比原定计划长了一些。

原本打算先到西安再飞往四川顺着三峡而下对NHK[①]与中国中央电视台联合制作的纪录片——《丝绸之路》进行采访，但这个计划发生了一些改变。

至于改变行程的原因，说来话长。简而言之就是，我在很早以前就决意要去新疆维吾尔自治区库车附近的石窟寺院和帕米尔高原（中国辖区）看看。而实际上我也的确拜托了中国作家协会帮忙牵线，然而却迟迟未收到回信。于是我便放弃了这一想法，决定去三峡。但九月份，我收到了中国作

---

① 即日本放送协会。英文字母为Nippon Hoso Kyokai，取首字母为NHK，是日本第一家根据《放送法》而成立的大众传播机构，具有官方色彩，本部位于东京。

家协会冯牧先生“可以成行”的电报。

要想进入中国境内的帕米尔高原上的塔什库尔干，需要翻越海拔4200米的苏巴什山顶，所以必须在降雪期开始之前去。由于当时的季节刚好合适，于是我便取消了去三峡的计划。

如果去三峡，预计10月中旬前能回到日本，但要是去帕米尔高原，则需要多花费一些时间。为此我还推辞了文艺春秋和京都佛教大学的演讲，给大家添了不少麻烦，真的非常抱歉，日后一定要做些补偿。

中国作家协会也对我非常关照。曾于今年5月以作家代表团团长身份访日的周扬夫妇在北海公园的宫廷菜馆仿膳饭庄备酒设宴，为我开了欢迎会。作协外国文学委员会办公室的林绍纲（担任过访日作家代表团的秘书）和陈喜儒两位朋友还特意陪我一起进入新疆腹地。

从帕米尔高原回到北京，我们决定举办答谢宴，回请中国作家协会的各位朋友。与同行的朝日新闻记者、曾获江户川乱步奖的作家伴野朗先生商量了一下，我们将答谢宴的地点定在了王府井的北京烤鸭店。

当天，周扬先生有事未能出席，中国作家协会副主席刘白羽出席了这次答谢宴。由于当时临近第四届文艺工作者代表大会的召开，文艺界的核心人物都异常繁忙。在新中国成立的1949年，中国文学艺术联合会召开了第一届文艺工作者代表大会，1953年、1960年分别召开了第二届和第三届，此后的19年里一直没有召开。中国文学艺术联合会的组织虽由文学、美术、音乐、戏剧、电影等联合会的九个团体构成，但似乎是以作家协会为中心的。

答谢宴连主带客一共来了20多人，围坐成三桌，整场气氛都非常融洽。

“19世纪出生的人，怕是都驾鹤西去了吧。”说这话的是《人民文学》杂志的主编李季先生。说到李季先生，他的长篇叙事诗《王贵和李香香》给我留下了十分深刻的印象，他本人也是一位非常严格的编辑，现在一直催促我交稿。

“是的，十九世纪的人只剩下我了吧。”谢冰心女士笑着说。她是1900年出生的。20世纪是从1901年开始计算的，这样算来谢女士确实是19世纪出生的人。战后曾在东京大学教过书的谢女士，口中经常会冒出日语来。虽然是19世纪出生的人，但谢女士精神头非常好，头脑清醒，思维敏捷。她询问伴野先生的年龄，伴野先生回答说“43岁”，她立刻就答出：“啊，你是1935年出生的啊。”当时我们的大脑都还在打转，一时给不出答案呢。

谢冰心女士旁边坐的是丁玲女士。丁玲女士是1907年生人，比谢女士小得多。

1933年，年轻的丁玲被国民党政府逮捕，监禁于南京。她的老师鲁迅以为她一定会被处决，还为她写了追悼诗，就是那首收录在《集外集》里的七言绝句《悼丁君》。如今距现在已经过去46个年头了。

不管我是劝她喝酒，还是劝她喝果汁，丁玲女士都不喝。她说自己血压高，还有糖尿病倾向，所以只能喝矿泉水。她说："为了工作我们要多注意身体。"这样说来，谢冰心女士也和她一样，一直把工作放在重要的位置上，刚翻完手中的译稿，就又开始了新的工作。

还有一位女性客人是诗人兼儿童作家柯岩女士，坐在旁边那桌。她也是今年五月访日代表团的一员。她对我的妻子讲过拜访濑户内晴美（寂听）时候的事。她说："因为是拜访纤尘不染的尼师，我心里原本忐忑不安。结果你猜怎么着，濑户内女士直接把自己的过往毫无保留地跟我诉说了。正因为这些真正有烟火气儿的话语，才让我松了一口气……"

曾于9月访日的京剧代表团的团长、《白毛女》的作者贺敬之先生坐在刘白羽先生的旁边。《白毛女》在神户公演的时候，贺敬之曾经光临过我家，那个时候我才知道，5月份在京都见过的柯岩女士就是贺敬之先生的夫人。贺先生和我是同年生人，柯岩女士和我妻子是同年生人。

旁边那桌的严文井先生，不知为什么来到了我们这桌。身为人民文学出版社社长的他，似乎是因被同一桌的姚雪垠先生（长篇历史小说《李自成》的作者）逼问稿费的事，逃到我们这桌来避难了。尽管姚先生已经70有余，却依然早上四点就起床，慢跑之后进行写作，可见姚先生是一个精力十足的人，他的逼问一定是声色俱厉的吧。

“文革”以来，中国的作家就没有稿费了，靠所属单位的工资生活。在日本，我们还要给文艺家协会支付会费，但据说中国的作家不仅可以从作家协会拿到工资，而且还没有写作的义务。

我开玩笑地说：“请让我也参加这样的协会吧！”

听说现在又重新实行稿费制度了，标准回到了1958年的水平。谢冰心女士温和地对来避难的严先生说：“那都已经是20年前的事了，不能再使用那个时候的标准啦。”

严先生拼命解释，像是怕被堵回去似的说道：“我正在尽力而为呢，今后再版也有稿费了。”

“在延安那会儿，你总和艾青（诗人）下围棋，从那时候就这么顽固。”丁玲女士泼了严先生冷水。

大家回忆了一下当年在延安时代的事儿。据说当年除了下围棋，也经常打麻将。丁玲认为以实力定胜负的围棋可以不赌而下，但是存在偶然性的麻将并不是不赌就能打的，听说在延安时代，他们以香烟为赌注打麻将。

对于这些人来说，延安好像是青春的圣地。就在大家回首过去谈得正热烈时，前菜结束了，烤鸭端上来了。

“我进去的那会儿（指关在监狱），想吃烤鸭都要想疯了啊！”刘白羽先生如此说道。现在作家协会的干部，大多数都曾在林彪和“四人帮”时期遭到过迫害。因《朝鲜战争从军记》和《无敌三勇士》等充满男子汉气概的作品而被人们熟知的刘先生也是其中的一个。周扬先生甚至被监禁了九年，刘先生估计也和他差不多吧。

“你好奢侈啊。如果吃花生能吃饱我也就满足了。”沉默寡言的季羡林这样说道。季羡林现在是北京大学的副校长，世界级的梵文学者。我去新疆之前，曾去北京大学拜访过他。我们一边漫步在北大的未名湖畔，一边畅谈了许多事情。最近他完成了《罗摩衍那》的全译本，全六卷的第一卷据说马上就要出版了。我们讨论的话题不止印度学，还有乔伊斯的《尤利西斯》的写作手法。

我在冯牧先生5月访日的时候才得知，这位各方面都对我有着诸多关照的先生竟是西域学泰斗冯承钧先生之子。而直到今天的答谢宴我才知道，冯承钧教授在北京逝世时，在延安的冯牧先生未能送上最后一程，也才知道世界陶瓷学者冯先铭先生是冯牧先生的幺弟，等等。

旁边那桌还坐着两位日本文学研究家——李芒和卞立强。李芒先生研究松尾芭蕉和小林一茶，卞立强先生目前正在致力于《万叶集》的中文翻译。

我慢慢地吃着烤鸭，胸中偶有郁结之感。在座的各位作家的作品在我的脑海中不停地闪烁、跳跃，交相辉映。丁玲女士的《太阳照在桑干河上》、谢冰心女士的《南归》和优美的诗集《繁星》、刘白羽先生描写大渡河战役的《火光在前》，这些作品都被刊登在1949年《人民文学》创刊号的卷首。

时隔22年，丁玲再次出现在我们面前，可是老舍和赵树理，却永远离我们而去了。

（1980年1月）

茅盾先生轶事

1977年，我结束了从新疆喀什到和田的沙漠之旅回到北京，实在是太累了，便来到医院的中医部针灸。

结束针灸后，我在走廊里看到了由一位妇人搀扶着、拄着拐杖行走的茅盾先生。这是我第一次也是最后一次见到茅盾先生。我看过他的照片，所以能认出来他，不过他肯定不认识我。在走廊这样的地方不便多做停留，正在纠结要不要打招呼时，我们不知不觉地就擦肩而过了。

茅盾先生和我父亲都生于1896年。此次邂逅时，父亲已去世5年，我便想当然地以为可能不会再见到茅盾先生了。事实也的确如此。

去年，我参与“NHK《丝绸之路》”纪录片的采访时，在北京逗留了一段时间，中国作家协会副主席冯牧先生来见我的时候，我才得知茅盾先生正卧病在床的事情。我们都知道先生如今年纪大了，之前也听闻了先生的病情，因此就算此时传来噩耗，大家也不会感到太突然。但是，我还是生出了自己在重新抚摸时代烙印之感。

茅盾先生原名沈德鸿，但其字“雁冰”更被世人所熟知。听说他正在撰写《回忆录》，我不禁为这部作品没能完成而深感惋惜。不过，茅盾先生留下来的数部作品，都是值得当今中国年轻人品读的。

已故的历史学家翦伯赞在日本演讲时曾提到，要想了解十八世纪的中国，什么书都比不上《红楼梦》。而我想说，要想了解1930年前后的中国，茅盾的《子夜》是最值得一读的。这本小说里大量人物的出场、多个故事的交织，在我眼前绽放出宛如曼陀罗般绚丽的色彩。

众所周知，茅盾先生是长篇小说作家，其作品多以青年挫折为主题。茅盾先生1927年曾在武汉政府任职，并在此经历了巨大的挫折。第二年，茅盾先生以在逃犯的身份潜往日本。

去日本之前隐姓埋名的时期，他创作出了代表作《幻灭》《动摇》《追求》三部曲。后来，这三部曲被命名为《蚀》。

从32岁到34岁，茅盾先生在日本避难的三年间，创作了长篇小说《虹》、评论《从牯岭到东京》，并进行了神话研究。《虹》于昭和十五年（1940）由现已去世的武田泰淳译成了日语。

最能体现茅盾先生思想的，当属其评论。茅盾先生在日本写的评论，视角聚焦于小商人、中小农民、没落读书人，主张不能歧视排斥这些人，必须包容接纳。回国以后发表的《林家铺子》是最能体现其主张的小说。“文革”中对茅盾的批判，据说主要是因为这部作品。

茅盾先生说去日本是因为当时不需要护照。他先去了东京，之后又辗转至京都，在京都生活的时间比较长。不过除了少数的随笔之外，好像日本并没有投影在他的作品中，在日本创作的《虹》是以四川和上海为舞台的。不管人在何处，茅盾先生都是中国的作家。

1941年，遭遇了皖南事变的挫折后，茅盾先生从重庆前往香港，在那里写下了长篇小说《腐蚀》。同年12月，日军占领香港，时隔11年，茅盾先生的命运再次与日本交织在一起。听说为了躲避日军的眼线，茅盾先生和朋友打麻将，日军感到很新奇，前来围观。

《腐蚀》作为日记体小说，以国民党女特工为主角。茅盾先生直言不讳地说，为了满足读者的愿望，故事结局拯救了主角。但即使说是拯救，也只是写了一个模棱两可的结局而已。我站在作家的立场，曾想要就“读者的愿望”这个问题和茅盾先生畅谈一番，可惜再也不会有这样的机会了。

（1981年4月）

与巴金先生会面

去年我去中国旅行，按照惯例去了伊犁和喀什的边境之后才回到北京。我在中国旅行的时候，陪着我的不是旅行社的人，基本都是作协的人。所以，我对中国作家的动向都了如指掌。同行的作协朋友告诉我，巴金先生与我住在北京的同一家酒店。我住在8楼，巴金先生住在12楼。巴金先生是中国笔会的会长，刚作为代表团的团长出席完在巴黎举办的国际笔会大会回到中国。他的家在上海，只是在北京停留几天。

因为前年在日本同巴金先生见过面，所以我打算到12楼打个招呼。正要过去的时候，作家协会的陈喜儒先生打来电话，说之后巴金先生会过来，让我不胜惶恐。

聊天理所当然地聊到了国际笔会的事，得知我不是日本笔会的成员，巴金先生似乎感到很意外。

“在日本，作家是否加入作家组织完全听凭本人意志，一切都是自由的。”我只好这样解释道。

几年前，和中国作家协会的朋友旅行的时候，在旅行地，他们半开玩笑地邀请我，“要不要加入中国作协当个会员呀？”好像得有几个介绍人，过去还得有点成绩，而且还要通过考试才能成为会员。虽然我用日语写作，但国籍是中国国籍，所以即使加入中国作家协会，也没什么可奇怪的。不过，我还是打消了这个念头。我是日本文艺家协会的会员，自然也要缴纳会费。我抱着同样的想法问道：“如果加入中国作家协会的话，要支付多少会费比较好呢？”他们露出了奇怪的神色反问道：“会费？”

哪里有什么会费？在中国，作协会员每月从协会领取工资。虽说不是会员也可以参加文学活动，但是只有被承认颇有建树的作家，才能成为会员，同时也就意味着成为了一流作家。而且据说即使领取工资，也完全没有发表作品的义务。要知道写成一篇小说，可能要花费数年去做准备。如果成为会员的话，在此期间，首先就不需要担心生计的问题了。作品一旦发表，稿费和版税还都是本人的收入。所以二流作家把成为会员当成自己的目标也是不奇怪的吧。

我想，在中国，作家协会的经费应该也不是那么充裕的。成为会员之后还能拿工资这样的事，我的良心实在过意不去，所以我只能感谢邀请，不加入中国作家协会。

估计有人会这样想，每个月都从作家协会拿到工资，作家难道不会怠懒吗？不过，不必担心生活费、专心创作的状态的确是令人艳羡的。在日本，由菊池宽[①]创设的无论是“芥川赏”[②]还是“直木赏”[③]，据说都是打算让获奖者至少半年左右不用为生计费心，专心创作小说而设立的奖项。而现在这两个奖的奖金最多只能支撑两个月的生活费了吧。比起这个，更重要的是得奖之后总给人一种迫于压力而只能趁着这获奖的势头，需要不断发表作品的感觉。

巴金先生说的话，我并非一件一件做了记录，也许是我听错了，听说在巴黎国际笔会大会上，印度不能向总部缴纳会费一事成为讨论的重点。对于是否依据规定将其除名，中

---

① 菊池宽（1888—1948），日本小说家，戏剧家。主要小说作品有《无名作家的日记》《珍珠夫人》《新珠》等，被誉为“日本文坛太上皇”。曾任文化学院文学院长、日本文学报国会创立总会议长、大日本著作权保护同盟会会长等。

② 1935年由菊池宽提议为纪念日本大正时代的文豪芥川龙之介所设立的文学奖，并由主办单位文艺春秋颁发给纯文学新人作家的一个奖项。现今的主办单位已改为日本文学振兴会，每年举行两次选拔活动。

③ 菊池宽为纪念友人直木三十五于1935年与芥川奖同时设立的文学奖项，每年颁发两次，得奖对象以大众作品的中坚作家为主。

国笔会给出了只是未缴纳会费的话可以不被除名的意见，日本笔会也是同样的意见。因此，印度笔会得以继续保留会员资格。

对这件事，我很心痛。年轻的时候，我也学过印度语，也接触过印度的现代文学。

战争时期，因为没法进口原版书，我们把蜡纸油印版的普列姆昌德的小说当作教材学习。普列姆昌德被称作“印度的鲁迅”，这位作家比鲁迅早出生一年，和鲁迅同一年（1936）去世。

但是比起鲁迅，他更加贫穷。普列姆昌德作为社会派，针对当时印度社会的矛盾——从寡妇的再婚问题到阶级差别，写出了非常深刻的小说。另一方面，他的作品也展现出了一种美妙的历史浪漫感，这些作品虽然有些通俗小说的感觉，但在数量上是占优势的。据说他创作了300多篇小说，可以说是非常高产的作家，大概是为了维持温饱吧。内容深刻的小说鲜有读者，只有降低格调，批量生产读者众多的通俗小说，才能赚到生活费。虽然普拉姆昌德有很多读者，但也只是在当时的印度被人熟知。

而鲁迅是国宝级的知识分子，他的文章人们都抢着争相阅读。但是，普雷姆昌德的印地语作品，没有普及到全国人都来读的程度。尽管后来印地语成为了标准语，但在其生活的年代，印地语还只是一种方言。从文学遗产的角度看，比起印地语，还是孟加拉语和坦米尔语比较丰富多彩。

和他同时代同国家的泰戈尔，用孟加拉语和英语发表作品，摘得了亚洲第一个诺贝尔文学奖，成为了有余力开办大学、享誉世界的人物。相比之下，普拉姆昌德真是太可怜了。如果每个月都能从协会领取工资的话，普拉姆昌德的300多篇小说里，至少有三分之二的通俗小说没必要写。这样的话，他的主打小说内容就会更加丰富多彩。或许在他那种与贫穷战斗、壮士断腕式的创作方式中，最初就能够诞生出一系列打动读者的优秀作品吧。

前年，和谢冰心女士见面的时候，她问我："我从韩素音那里听说，英国最畅销的作家，因为缴不起税金而自杀了。日本怎么样呢？"现在的中国还没有所得税制度，所以她好像还不太了解税金的事情。

"我觉得，在日本，作家只有在支付税金的时候，才能意识到自己是贫穷的吧。"我略带苦涩地回答道。和我畅谈这些的谢冰心女士，去年也缠绵病榻了。

巴金先生年轻的时候曾在巴黎留学，所以格外怀念巴黎的土地。当时巴金先生因国际笔会大会而暂留巴黎，在某家中国餐厅吃饭的时候，老板听说他是作家巴金，不仅没有收费，还给他端来了专为他做的饭菜。那家店的老板是从台湾过去的中国人，特别喜欢读巴金先生战前的作品。

因为不能太晚，我们在房间聊了30分钟左右，然后我一直把巴金先生送到了电梯口。与前年他和谢冰心女士一起来日本的时候相比，现在的巴金先生脚步和思维都颇为迟缓。大概是因为经历了从巴黎出发的漫长的空中旅行之后疲惫了吧。在电梯前面，他说第二天早上会有南斯拉夫的记者来采访。后来作家协会的C先生跟我念叨："他总算是要拿诺贝尔文学奖了。好像还是个有力的候选人。我听说基本上是定下来了。"

这是10月13号的晚上，第二天我就坐飞机回日本了。好久没回家了，整理一大堆邮件时，一家报社打来电话——"井上靖成为诺贝尔文学奖的有力候选人了。这事儿基本定下来了，能否请您对此事发表个意见？"

（1982年2月）

哀悼武田泰淳、竹内好、增田涉[①]三位先生

听到增田涉先生的讣告，我有点不敢相信。

没想到在1月14日举办于神户崇光（SOGO）百货的“中华人民共和国鲁迅展”开幕式上，竟是我最后一次见到他。典礼从上午10点开始，这个时间对于住在神户本地的我来说也有点早。从大阪赶来的增田先生因为不熟悉路线，遇上交通阻塞而稍微晚到了些。作为鲁迅先生的得意门生，增田先生需要演讲并参加剪彩，但由于迟到，只能由鲁迅先生的恩师藤野先生的外甥——大阪大学名誉教授藤野恒三郎先生代行。这些活动刚刚结束，增田先生就进入会场了，边擦着汗边道歉说“对不起对不起，我迟到了”，还补充说：“年纪大了，干什么都迟到。”这时，去年10月去世的武田泰淳

---

① 增田涉（1903—1977），日本中国文学研究者，鲁迅的学生，《中国小说史略》日语译者。历任岛根大学、大阪市立大学、关西大学教授。

先生突然浮现在我的脑海里。我突然意识到“干什么都会迟到”这句话是不是在说，连离开这个世界也晚于比自己年纪小的泰淳先生呢。

泰淳先生在40多年前“中国文学研究会”刚刚成立时便已经入会，他的去世对增田先生来说无疑是个巨大的打击。泰淳先生去世后不久，我便在仙台举办的鲁迅展上遇到了增田先生。他说：“竹内好还没能打起精神，我有点担心。”看着他担心着病榻中竹内先生的模样，我隐约地感受到了他心中的寂寥。

即便如此，在仙台时，增田先生的精神状态也还是不错的——喝了一些酒，也与鲁迅先生的儿子周海婴叙了旧。在这之后，他又赶往北海道大学演讲。至少在旁观者看来，他意气风发。现在想一想，他或许是怕我们担心而故意装作精神饱满的样子。

从十几年前开始，我每月都能与增田先生见上一面。主要是几个人坐在一起听增田先生讲话。我们想从增田先生那里得到他从鲁迅先生身上学到的思想涵养。刚开始是在周一傍晚聚会，因此称为“周一恳谈会”，但是慢慢地，我们聚会的日子就不只限于周一了。

“没有聚会名字也无妨。”这是增田先生的意见。但是这样用明信片通知大家的时候不太方便，索性就随便命名为“例会”。

这是一个非常有趣的聚会，像郭沫若与郁达夫谁的日语更好这样轻松的话题也有很多。在二楼的画廊闲聊之后，大家会均摊饭钱吃饭。若是竹内先生从东京赶来，大家就会设宴吃河豚鱼肉火锅欢迎他的到来。

聚会的负责人是神户大学的副教授饭仓照平先生，在饭仓先生去了东京之后由关大的丸山松幸先生接管。但是在丸山先生去东大任职之后，聚会的次数就逐渐减少了，近几年都没再举办了。

“我们把那个会重新组织起来吧，挺有意思的”。在仙台的那晚，增田先生一边敬酒一边说道。之后经过商讨，我们决定在3月14日重新举办聚会。

刚好那个时候，竹内好先生去世。我在去年年末得知竹内先生已然病入膏肓，因此在得知竹内先生去世的时候，我暗感到该来的终究到来了，然后条件反射般地想到了增田先生。

说到武田、竹内两位先生，他们是增田先生最亲近的朋友，甚至可以说是盟友吧。三人因中国及鲁迅结为至交。一想到相继失去两位盟友的增田先生，我的心情也低落起来。

前两天，我收到了新的负责人——神大的山田敬三的电话：“14号的聚会还是先延期吧。增田先生为竹内守夜，出席葬礼，应该很累。”

我也非常赞成。

就在刚才，我又接到电话，说增田涉先生在盟友竹内好先生的葬礼上宣读悼词的时候由于体力不支倒下了。仿佛命运安排一般，武田、竹内和增田三位先生一位接着一位地都倒下了。

在那个黑暗时代里燃起的星星之火——中国文学研究会，现在成为了墓碑。火光虽然已经熄灭，但墓碑永远屹立不倒。

（1977年3月）

井上先生与历史小说

记录历史与写历史小说之间有什么不同呢？——这是我正在研究的课题。

实际上，井上靖[①]先生已经对此问题进行了解答。但是，我必须找到属于自己的答案。要解开一个已经有标准答案的问题是一件非常困难的事情。

我有一段时间沉迷于井上先生的历史小说之中，比如《敦煌》《楼兰》《天平之甍》等。之所以用沉迷这一词，是因为井上先生对于西域精神的看法与我有共通之处。井上先生对于西域的思考应该也是当时流行于京都大学的一种西

① 井上靖（1907—1991），日本作家、诗人和社会活动家。曾任日本艺术院会员，日中文化交流协会常任顾问，日本文化财保护委员会委员，日本文艺家协会前理事长，川端康成纪念会理事长。井上靖一生27次访问中国，著有以西域为题材的作品《楼兰》《敦煌》和《丝绸之路诗集》。

域热的投射吧。而斯坦因、伯希和、大谷探险考察队等对于敦煌文物的介绍，毫无疑问地成为了这股热潮发展的巨大原动力。

到了20世纪30年代，中国的民族主义意识增强，开始限制国外探险队的入境。在这之前的各国调查队在短时间内相继进行了比较重要的探险和发掘。“难道历史将要被改写了吗？”这种兴奋感弥漫在整个学术界。尤其是在京都，好像这种话题更为敏感，因为井上先生也曾在此地从事相关研究。

诗人竹中郁先生说过：读井上先生规模浩大的历史小说，可以感受到朝夕观望伊豆山脉之人的气息；读井上先生的诗，仿佛置身于关西之水。在抑扬顿挫中不知不觉地表达出细腻的感情波动，是京阪风土文化自古以来的特质。

我还想要在此之上加上一条，从先生的作品中可以看到他能够理解中国学者罗振玉和王国维的逃亡等内容，感受到那种对一切敦煌相关信息极其敏感的京都学术浪漫主义气息。若是将这种气息深藏于内心深处，想必终有一天会呵气如兰、吐字殷殷吧。

在一边沉迷于井上先生的历史小说，一边成为了一名专职作家之后，终于意识到我必须试着去逃离井上先生的历史小说。正如我在文章开头所写的那样，在我这个想要努力去解决问题的学生旁边，已然有了一个标准答案。而我决不能去窥视这个答案。

说到逃离，在1975年我第一次走访敦煌时，面对憧憬的莫高窟，我的思绪是想拼命地从井上先生《敦煌》中的咒文中逃离。尽管我用尽全力逃离，但也无法完全逃脱。比如，当我想象到西夏军从沙漠那边来袭的场面时，脑海中似乎还伴随着颇有井上先生的创作风格的地盘鸣动之响。就连进入那个备受瞩目的藏经窟时，我的心中也一直被战乱的回声所烦扰着。

我作为职业作家真正被世人所认可，大概是在井上先生发表了《苍狼》后不久。与大冈升平先生一起围绕《苍狼》展开的历史小说争论对我来说是一个很大的刺激。

在执笔于所有以西域为主题的小说时，我好像都会无意识地避开井上先生所走过的道路。在我最初的作品中，凡是围绕西域展开的创作无一不是设定在现代（20世纪以后）。《消失在天山》《黑色的喜玛拉雅》《消失在乌鲁木齐的火》《去往喀布尔之路》《昆仑河》等都是与近代史有关的故事。

这样听起来好像是随时提高警惕，一味抵抗。其实不然，井上先生的存在对我来说有时是一种依靠。这一巨大的精神支柱在给我带来种种烦恼的同时，也令我感到无比心安。《漆胡樽》是井上先生的名作，我有一篇以“参观正仓院物展”为副标题的同名散文诗。我总觉得与其说井上先生历史小说的构成对我影响颇深，倒不如说他的作品是我酝酿新作的重要线索。我在自己的散文诗中引用了一部分井上先生的小说内容，对先生来说可能比较失礼，还请见谅。

……某日，由于某些原因，一个漆胡樽从骆驼的背上掉落，从此也就脱离了民族意志的暗流，开始孤独地步入了颠沛流离之路。速度时快时慢，一边被命运支配着，一边直直地落进这东亚千年的时空中。然后一不小心，它落在了东方一个小岛国的王室成员温柔的掌心里。正仓院北仓冷清而又寂寥，但这份透露着丝丝华光的静谧却为这渺茫无边的旅程画上了句号。

接着两千年的时光飞逝。突然，门被打开，秋季的阳光照射进来。这是这个国家战败流亡之日空洞刺眼的白光。人们每日聚集在一起，干涩疲劳的眼眸中徒然地流露出悲伤之情，仿佛在渴求着什么……

井上先生在获得芥川奖发表感言时说道：“多亏我走上了文学这条道路，才没变成诈骗犯，也没有成为无赖之徒。”虽然井上先生是从结果这个角度去判断的，但他似乎也在过程中感受到了来自文学的力量。

在战败流亡的灼灼烈日下，仅仅是芳香的浪漫主义已经无法治愈他们了，更多的是井上先生意识底流的思想润泽抚慰了眼眸干涩疲乏、如饥似渴的人们吧。经历过残酷现实的人们会强烈地拒绝力量单薄的安抚。这些流亡的人不易亲近，他们有着孤高的灵魂和冷傲的目光，但井上先生在小说中所描绘出的世界却使他们在荒芜之中第一次感受到了一丝润泽。或许是因为这个世界早已与历史小说融为一体，所以井上先生才走到这里来的吧。

接着前面引用的部分，散文诗《漆胡樽》是像下文这样结尾的：

> ……漆胡樽那傲慢的神情中带有一丝忧愁，这种特殊的表情胜过任何华丽绚烂的帝王珠宝，不知为何，这种神情嵌入了人们的心中，久久无法消散。虽然这块燃起巨大梦想的陨石上蒙着一层毫无生气的阴影，但它却奇迹般地让连悲伤之情都丧失了的国民们感到安心。

通过结尾这段话，我开始明白井上先生赋予了漆胡樽怎样的意义——不仅拥有傲慢的神态，还有一抹忧愁。小说和历史小说也都像漆胡樽一样傲慢与忧愁并存吧。

能给人们的心灵带去安宁的人一定是有志向的人。不仅要拥有志向，还必须拥有资质，可能还需要其他条件吧。其中条件之一，就是这位历史小说家必须是一位旅行家。我经常想起，《史记》的作者司马迁在当时是一位超乎人们想象的大旅行家。因为历史不仅与时间有关，也与空间密切相关。

井上先生应该是现代日本文坛中被公认的数一数二的大旅行家吧。井上先生与旅行相关的趣闻轶事有很多，虽然那些轶事早已广为流传，但我还是想补充说一件事。

那是发生在1979年去库车时候的事。在我去此地的两个月之前，井上先生一队人已经到达。听说京大的樋口先生与日经新闻的円城寺先生去参观库车附近的石窟寺院，只有井上先生去了塔里木河。从库车县城到塔里木河单程需要花费五个小时，而且那里也没有名胜古迹，仅有一条河静静地流淌。由于时间关系，参观石窟寺和去塔里木河只能二选一，而井上先生选择往返十个小时去塔里木河，在那里划了半小时左右的小船。据说井上先生当时说，克孜尔石窟的壁画交给樋口先生这样的专家就好了。虽然塔里木河除了流淌的河水什么都没有，但是井上先生应该是在那里回顾历史吧。

从库车县的涉外人员那里听说这些事之后，我深为感动。我对这位涉外人员说我也想去塔里木河看一看，“那种地方我再也不敢去了”——我就被这样无情地拒绝了。可见那应该是一次非常辛苦的远游。

听说在巴基斯坦和阿富汗的旅途中，年轻的同伴一直叫苦，而井上先生始终都是精神饱满。井上先生有一套保持健康的秘密体操，我让先生教了我，但是我这个不肖弟子一直懒得付诸行动。我虽然无法逐一究明为什么井上先生能够创作出那么精彩的历史小说，但身体健康一定在其中占了不小的比重吧。保持健康也是一门艺术。

（1981年8月）

第三篇

神户的魅力

我上小学的时候，图画课上老师经常会让我们到屋顶去写生。我就读的神户小学正好在县政府的前面，是一座沿东西方向建造的钢筋水泥的三层校舍。当时是昭和初年，附近还没有高楼，再加上有一个舒缓的斜坡，视野非常好。

在屋顶上学生们被分到南北两边进行写生。南边是海，北边是山，不管是山还是海，感觉都离我们很近。这片向东西延长的地区被夹在山与海之间。可以说从屋顶上看到的景观淋漓尽致地展现了神户的地域特征吧。

我们的美术老师若杉慧先生后来成为了一名作家，成了我在写作道路上的前辈。我们从五年级开始使用画具，那时对于我们这些孩子来说，提着调色板和笔洗等画具夸张地跑来跑去是一件非常有趣的事情。偶尔到屋顶上写生是挺不错的，但是在写生比较频繁的时候，就会为选择写生对象而苦恼。

描绘南边的大海时，川崎造船厂的起重机是绝不能被落下的，否则就无法成为一幅完整的港口画了。

面向北边画山的时候，必须在画纸上描绘出东亚宾馆。这是一家别致的北欧风格的木制高级宾馆。它坐落于神户中心地区的山脚处，因此在画山的时候不可能没有它的踪影。

可是如今，象征着山与海的两个地标建筑物也早已消失了。随着造船技术的进步，那个巨大的底座起重机已经变成了无用之物。我还记得大约在战后十几年的时候，报纸上出现了“遗憾隐退”这样的标题。

尽管遭遇了惨烈的神户大空袭事件，但这幢木质的东亚宾馆却免遭烧毁逃过了一劫，这可谓是个奇迹了。“二战”以后，这里变成了美国军人们的投宿之处，或许是有人在酩酊大醉中踢翻了火炉的缘故吧，这幢造型优美的建筑在战后没多久就因失火而消失殆尽了。这着实令人惋惜。现在这里建立了一所外国人俱乐部，但是与之前的宾馆不同，这个俱乐部隐藏在树林深处，很不显眼。大概是因为之前的宾馆太引人注目的缘故，这次就稍微收敛了一点吧。虽然外国人俱乐部现在已然成为了东亚之路尽头的建筑物，但这里靠东侧一带，近些年来却成为了颇具人气的异人馆街。战争时期，我住在这附近，非常清楚地知道这里有许多珍贵的建筑物都成为了燃烧弹的牺牲品。现在仅存的几栋建筑屹立于此，引人驻足观望。

北野天满宫旁边的“风见鸡之馆”在电视上一跃成名，在木制建筑很多的北野的异人馆中，这座砖砌建筑别具一格。它以战前住户的名字命名为托马斯宅，但在战后成为了造船公司船员的宿舍，之后又成为中华同文学校的宿舍。

可是，关于“异人馆”的定义至今还是一个问题。这与“洋馆”还是有一点差别的。在明治时代，大概是在明治初期，由外国建筑家采用日本材料建成的建筑物这样的说法相对准确一些。不同于现在，那个时代的建筑材料不能立刻运送到，在日本连砖块都没有。据说明治初期，西式建筑所需的砖瓦都是从天津运输而来的。当时的天津有租界，西式建筑盛行，因此有一定砖瓦的存货。听说神户居留地下水道的砖块全都是从天津运来的。

因为处于那样的时代，所以哪怕想用石棉瓦铺个房顶，也会因为日本没有这种材料而不得不使用日本的瓦片。因为建筑家所涉足的领域本来就与艺术相近，所以即便在仅能使用日本材料的情况下，他们也对此苦心钻研，为能构筑出接近理想中的建筑而努力着。他们也逐渐有了一个这样的决心——设计出不同于欧美的“西式建筑”。

或许我们可以把异人馆理解为外国建筑家从“日本”视角出发构筑的西洋建筑物吧。

明治二十九年（1896），英国人亚历山大·纳尔逊·汉塞尔为自己设计的住宅现在还幸存着。因为是自己的房子，所以无需妥协于客户的要求，可以随心所欲地设计。这是一座拥有左右匀称“悬山式屋顶”的木制二层建筑，屋顶由日本瓦片制作而成，仔细看的话还能看到屋脊两端的兽头瓦（在日本多用于建筑做避火符咒）。除了自己的住宅，汉塞尔的作品哈萨姆旧居也被认定为重要文化财产。如今，哈萨姆旧居搬迁至相乐园内保存。而在王子公园中则保留着亨特旧邸。亨特创立了成为日立造船厂的大阪铁工所，娶日本女子为妻，入了日本国籍，姓为“范多”。他于大正六年（1917）去世，他的住宅作为神户在明治开埠时期是外国人聚居地的证据而被留存了下来。这一建筑中没有多余之物，就如同把宋代磁器的精神完全体现在建筑上一样，它把“异人馆”的风格传达得淋漓尽致。

明治初年，居住在神户的外国人在“居留地”具有治外法权的特权。这在中国叫“租界”，是不平等条约的产物。而日本也在明治初期为废除不平等条约而竭尽全力。

神户的居留地大约四万坪[①]，建立于庆应三年（1867）十二月，在明治三十二年（1897）七月回归日本。居留地时期的建筑物，现在只剩下一栋。这栋建筑物建于明治六年（1873），当时被称作“十五号馆”，而今成为了野泽株式会社的办公楼。这是一家经营石棉瓦等建筑材料的老公司，因为这家公司本身就对建筑有一定的了解，所以这栋大楼也被很好地保存了下来。与作为天然纪念物而被留存于公园中的亨特旧居和哈萨姆旧居不同，野泽公司的办公楼直到现在也还在被使用着，不得不说这是件了不起的事情。

除了野泽株式会社的办公楼以外，其余的建筑物即使古老也都是在居留地回归以后建立的，都是昭和初年日本经济跃进期的建筑群。这些建筑群似乎残存着一些令人追忆过去的氛围，尤其让人忆起第一次世界大战的“船成金”时代（内田信也、山下龟三郎、胜田银次郎并称三大“船成金”）。

居留地时代，很多人公司在这里而家则在北野町。他们必须坐马车或者步行往返于东亚之路。居留地时代过去之后，在留外国人逐渐开始在郊外盖房子。刚开始，可能是由于治安管理的原因，外国人的居住地是受限的。他们只能住

---

① 日本传统面积计量单位，主要用于计算房屋、建筑用地的面积。1坪等于1日亩的三十分之一，合3.3057平方米。

在被称为“神户区”的神户中心地带。这个限制逐渐被解除，旧居住地以东的御影、芦屋，以西的须磨、盐屋、舞子地区也增建了很多外国人住宅。盐屋的詹姆斯山就被计划性地开发为外国人专用居住地。因为那个时候人们早已摒弃了马车这样的通勤方式，步入了汽车时代，所以即便住得稍微远一些，人们也更青睐那些空气清新、视野开阔的地带。

须磨、舞子自古就以白沙翠松、风光明媚之观光胜地而闻名，同时也是一处和歌名胜。提起神户，大家通常都会觉得它是一个因通商而新开设的港口城市，但其实无论何时它都被冠以“摩登城市”的称号。“摩登”这个词会让人立刻有一种复古的感觉。相比而言，须磨、舞子两地的怀旧气息则比神户这一“摩登城市”更为浓厚。它们也是源平战役的古战场。上小学的时候，老师曾带我们到这里来郊游，那时候我还听说了源义经从一之谷背后陡坡骑马速降奇袭平氏军的故事[①]。

敦盛和熊谷的故事、青叶笛、箙梅等各种传说或许是神户的一种深层文化吧。在成为了《平家物语》舞台的150年

---

① 寿永三年（1184）二月七日，源义经、源范赖等率领镰仓军从京都丹波口出发，袭击驻扎在福原的平氏军，史称“生田森一之谷合战”。在《平家物语》当中，源义经从一之谷背后的陡坡奇袭平氏军，仅仅半日，平氏军全线溃败。

后，神户又成为了书写《太平记》的舞台。它也是湊川之战楠木正成战死的地方。

从须磨到盐屋，山逼近海边。电车轨道离海岸特别近。新干线无法直接通过此地，途经此地只好穿越隧道。仔细观察这里的地形就会发现，这里对于当时日本的首都京都而言就相当于保卫中国长安的函谷关，是个要塞之地。平氏军在此地被攻陷，最终全线溃败，而楠木正成则因未能守住此地而战败，令足利尊成为了京都之主。

明治之后，神户作为港口城市吸引了很多居民，许多成功人士在须磨建造了豪宅和别墅。患有肺病的有栖川宫炽仁亲王在舞子的别墅疗养，并于明治二十八年（1895）一月去世。他在须磨有一座离宫，而今成为了离宫公园。

甲午战争时作为从军记者来到大陆的正冈子规[①]因病回国之后，曾经在须磨疗养院疗养。

拂晓时分，白帆驶过蚊帐外。

---

① 正冈子规（1867—1902），日本歌人、俳人。本名常规，别号獭祭书屋主人、竹之乡下人，日本明治时代的著名诗人、散文家，作品有《月亮的都城》《花枕》《曼珠沙华》等。

以上是须磨寺院内子规亲笔的俳句碑。

夏末清凉，神清气爽，须磨之地，心驰神往。

子规的这首俳句可以说与下面芭蕉的俳句成为了一联。

放眼望去，若是歌咏，若是观赏，须磨之秋。

须磨寺是著名的真言宗寺庙。最近三重塔恢复了原状。

源家铁骑卷尘征
警报频到青叶营
解否兴亡棋一局
笛声清雅白沙平

以上是我受须磨寺正觉院的方丈之邀所作的诗——《须磨寺怀古》。

过去，人们称六甲山连绵的山脉为“后山”，但是后来，由于六甲山的后山中的有马温泉也被纳入了神户市区，“后山”这一说法就变得不恰当了。六甲山中的寺庙都是真言密教系的。

首先，摩耶山的忉利天上寺因供奉着摩耶夫人（释迦牟尼的母亲）而出名，是祈祷平安分娩的寺庙。这座寺院在十几年前因失火而被烧毁殆尽，如今得以重建。

西边的再度山上有一座大龙寺。据说空海圣僧在入唐之前曾登过此山，回国后又一次攀登此山，由此得名“再度山”。有传言说天上寺的摩耶夫人像也是空海在唐期间得到的，回国后把其安置在了天上寺。六甲山似乎与空海有着很深的缘分。

再度山位于神户中心的后面，被市民所熟知。稍往西边一点的高取山也是同样闻名，山上因清晨登山的市民们而热闹非凡。山道的茶店中有本签名册供登山者签名记录，累计登山一万次的人的名字就可以被刻在大龙寺内的万回碑上。

从新神户站的后面往上走就到了布引瀑布。过去经常有外国人攀登这条山间小路。因为距离北野町的外国人住宅区很近，这段路程作为他们上班前的散步小路最合适。葡萄牙的文人莫拉埃斯住在神户的时候就经常攀登布引，可能吸引他的是山道茶亭里美丽的三姐妹吧。三姐妹中的大姐与英国的海军士官结婚了，听说莫拉埃斯好像倾心于三姐妹中的二姐，但他还是失恋了。

从新神户站步行到布引的雌瀑仅需十分钟。在距离市中心这么近的地方竟有个极具深山幽谷韵味之地，这应该算是神户的特别之处吧。再往上攀登，只需10分钟左右就能看到布引的雄瀑。虽然落差达43米，但却几乎没有什么宽度。《伊势物语》中有一个章节说的就是在原业平邀请对方看布引的瀑布。可见在平安朝时这里就作为名胜之地被人熟知。从雄瀑稍微往上走就看到了布引的水库。这里的水被称为布引之水，水质优良，现在神户市的自来水都是买的淀川的水，它在源头与布引之水混合。而据说停泊在神户港口的船舶的供给水则是从布引直接用水管引下来的。

六甲山的水质很好。我家有自来水也有井水，用这个水泡茶或往酒中搀兑，味道是再好不过了。商业发达的神户市出售的神户水虽然很适合泡茶，但是冲咖啡的话还是宫水（兵库县滩地区酿酒所用的地下水）更好。

神户也是酒乡，所谓的“滩产原封清酒”（日本兵库县滩地区酿造的优质纯酿清酒）就产于此。据说滩酒的秘密在于宫水。宫水不同于六甲之水，它是从海附近涌出来的。

滩酒拥有悠久的历史。传说有人曾将此酒进献给神功皇后，并被欣然接受。带有黑色围墙的酒窖整齐地排列着，道路尽头就是白沙海滩。黑与白的反差，耀眼刺目。

现在酿酒变为了四季酿造，设备也都趋于现代化了。酒窖接连不断地被改建，除特意保存下来的酒窖外，其他的可以说是绝迹了。从黑色围墙间的过道中可以眺望到的白沙高地也在很久以前就消失了。

自从庆应三年（1867）神户开辟商港成为海军基地，到现在逐渐发展起来，不能忽略隐藏在背后的滩五乡的功劳。滩五乡的酿酒业者除了酿酒还要承担酒的运输工作。供应给政治中心江户的酒不是通过陆运，而是依靠海运。以兵库港为据点，开拓了北方航路的高田屋嘉兵卫远近闻名，他的存在及事迹作为神户港的一段前史，使兵库沿岸运输船业者这一角色在此地广为人知。而隐藏在背后的酿酒业者之功绩就往往会被忽略了。

开辟港口的时候，神户有两万人口，基本上过去都居住在兵库的港口城市。10年之后，这里成为西南战争的军事基地，那时的人口已经达到10万。神户的人口之所以10年内翻了5倍，无非是因为光外来人口就占了其中八成。或许当时还有很多人尚未决定是否扎根于此地吧。正因如此，才显得他们胆量过人。他们认为即使在这里开创了某个新事业也无妨，若是失败了再转移到其他地方就好了。他们的这种达观果断的心态在那个不断吸收外来文化的时期里再合适不过了。

在西装、西式家具、西餐、西点等带有西洋风格的东西中，很多都是从神户先开始有的。神户开设了通商港口，因此这也可以说是理所当然的。制作西装的技术，据说是在开港之时来于宁波、上海的裁缝传授给日本人的。而西式家具的制造则是由于进入蒸汽轮船的时代后，人力船舶的订单需求变少，造船工人们便纷纷转入此行了。

在衣食住行中最难改变的就是“食”了吧。这可能是神户开港以来被西化最为缓慢的一部分了。令人意想不到的是，人们以面包为主食的习惯普及得相当之慢。好吃的面包比较少也是理由之一吧。可以说，在某种意义上，第一次世界大战是面包普及的一大契机。日本参战并袭击了德国在中国的租界地——山东青岛。大量德国士兵就此成为俘虏，这其中就有面包师和甜点师。然后有不少人就这样直接在日本安家生活了。巧克力的引入应该是源自俄国革命吧。移民到日本的白俄罗斯人中有宫廷糕点匠人，他们把日本巧克力的水平提高到了一个新的高度。

神户牛肉也是声名远扬。大概是因为喜欢吃牛肉的外国人很多，而神户人早就对他们的这种饮食爱好了如指掌了吧。听说在开港之前，黑船就靠近和田岬，在这里的松林进行买卖牛的交易。所以神户郊区的农家早在开设通商港口之前就已经深谙什么样的牛肉口感更好了。

因为在日本生活的中国人有很多，所以中华料理在神户盛行也是自然而然的吧。但是中华料理的大范围普及也是从“二战”以后开始的。“二战”以前的中华料理是经过改良的适合日本人口味的料理。而如今，自引进了香港、台湾的厨师以来，日本的中华料理也变得正宗了起来。日本人的口味也更加国际化了。

神户的魅力之一就在于美食。从中西式料理到甜点或面包，无论是哪种美食在这里都能享受到正宗地道的口感。由于神户临近濑户内海，所以连日本料理的食材都格外新鲜。

关东日本大地震以后，谷崎润一郎先生本打算暂时栖身于阪神中心地区，但这一住却住了20年。因为这里具有此处独有的魅力。他认为这里的魅力就在于，既可以住在此地感受神户这个摩登而又充满朝气的城市，又仅需一个小时的行程就可以领略京都古色古香的传统氛围。用他喜欢的表达方式来说，就是让人情不自禁地去深入探索这座耐人寻味的城市。一天就能往返于京都和奈良这样的古都，正是其魅力不凡之处。最近，只要有半天时间就可以悠闲地游玩于京都和奈良了。

我喜欢神户人的达观和果断。虽然他们经常会被人认为是浅薄而又轻浮的人，但在我看来，他们的这种不够严谨稳重也是个珍贵的品质。若是实在介意这一点的话，那就像谷崎润一郎先生那样，体验着神户朝气蓬勃的同时也一同享受京都的古色古香就好。

一些研究中国古代的学者——如研究中国考古学的水野清一先生、致力于中国古代科学史的薮内清先生以及研究中国文学的吉川幸次郎先生等，他们都出身于神户，这也绝非偶然吧。我认为神户的新潮、轻佻、崇尚西方文化等特征，也恰恰作为一种反向作用力，推动着神户繁荣发展。

虽说神户是一个历史尚且短暂的城市，但它开辟商港却已经超过120年了。神户也慢慢变成了一个有深度的城市，或许这里会逐渐释放出更多非同凡响的魅力吧。

（1988年6月）

《青云之轴》杂谈

今年2月末，位于元町六丁目的三越百货神户店停业闭店了。对于三越百货而言，神户店似乎很长时间以来都是一个负担。过去神户的中心在楠公（凑川神社）一带，神户车站、神户市政府、神户地方法院等都在这附近，三越百货也是神户中心的一个重要组成部分。但是，后来神户的中心却逐渐向东转移了。虽然也有来自大阪的牵引力的原因，但其实还是因为神户港的主要堤坝都建设在东边的缘故，这个港口城市的中心自然也就向那边转移了。

“二战”后，市政府迁移到海关附近的加纳町，三宫成为了繁华街市的中心地带。之后国铁也把三宫车站设立为神户的主要入口，来往的乘客也比神户站要多得多。由于这种东盛西衰的倾向，三越百货的业绩越来越不尽如人意了。

由于闭店一事成为了热点话题，有关三越百货神户店的内容屡屡登上报纸版面，其过去也被刊载回顾。由此我也得知了这家店是在大正十五年（1926）开业的。我出生于三越百货斜对面的小巷中，从幼年时期就对它十分熟悉。我总是感觉在我出生之前，巨大的三越百货大楼就已经存在了，但实际上它是在我出生两年之后才开业的，对此我有点意外。开业的时候应该很热闹，因为那时候我太小还没记事，所以具体的我也不太清楚。

因为城市规划拓宽了道路，我出生时所住的那个家就变成了道路中间一带的建筑。我每天走路不到3分钟去三越百货看橱窗里的那双红鞋子。这些事在我的记忆中早已经模糊了，或许是因为后来父母跟我谈起过的缘故吧，让我对它们的记忆愈发鲜明起来了。

上小学之前，我家搬到了北长狭，并且住进了父亲位于海岸通五丁目的店铺三楼。这里虽然没有我幼年时期住的地方离三越百货那么近，但也算又住到了离它很近的地方。虽然步行不到十分钟便可到达三越百货，但是我已经过了对百货商店感兴趣的年纪了。我从10岁到“二战”结束的20岁这十年间基本都住在海岸通，所以可以说这里是承载着我全部青春的地方了吧。

我在应试杂志上把青春时代的故事写成了小说《青云之

轴》，毫无疑问，这本小说主要是以我在海岸通的住所为舞台展开的。这里是典型的华侨商行，一楼是仓库，二楼是办公区，三楼是住宅区。外表看起来是砖砌建筑，实际上只有一楼的仓库是砖筑的，上层都是木造的，然后再抹上灰浆。我过世的父亲曾向一直交好的前辈借了一间房作为事务所，但是由于经营海产物，无论如何都需要一间带有仓库的店铺，所以就趁这里还空置着的时候搬了进来。

这里曾是一家名为“仁记”的店铺，由福建华侨一手创办，是一所颇具实力的贸易商社。仁记在四丁目建了高楼，就把这个位置腾出来了。由于东盛西衰的缘故，比起五丁目，四丁目和三丁目的位置更好。仁记在上海也有店铺，我搬家的时候，店主郑先生正好在上海。上海分店的生意逐渐成为主力以后，仁记似乎就把四丁目的店铺变成了一幢出租楼房。

“二战”以后，郑先生从上海去了台湾，并打算回到日本。战争刚刚结束之际，中日之间尚未能够正式通行，那时去日本除了乘坐黑船以外别无他法。因为日本砂糖稀缺，所以常有运载砂糖的走私船从台湾往来至此。这些走私船就是所谓的蒸汽船，要是有承重百吨的船舶自然是更好了，然而绝大部分的船都只能承重几十吨。

大富豪郑先生曾租下了一整艘黑船运输货物，然后带着家人也乘上了这艘船。但是船员们企图除掉郑先生这个货主而将船上的货物据为己有，于是将郑先生一家扔进了海中。郑先生家中较为年少的在海里奋力挣扎，竭尽全力游向琉球群岛，历经波折后最终幸免于难，而上了年纪的郑先生则不幸溺水身亡。

虽然郑先生的所作所为算是企图非法入境，但因为他拥有日本国籍，据说只要入了日本境内就没有任何问题了。其实他只需再等一年左右就能够获得驻日盟军总司令部的许可并可以顺利通航至日本。郑先生若是从一开始就知道了这些信息的话，或许就不会冒险乘坐黑船偷渡入境了吧。那些抢夺了货物的人又怎么样了呢？想必是在日本把砂糖抛售处理之后谋取了暴利，说不定他们已经因此而成为大富豪了。

由于空袭，位于五丁目的我家和仁记化为灰烬，只剩下三丁目的新瑞兴没被烧毁。留下来的新瑞兴并不仅仅是因为幸运。新瑞兴作为福建系颇具实力的商馆，在我出生的那年——大正十三年（1924）开始修建新店铺。由于前一年发生了关东大地震，店主周先生为了使其能够经受住各种级别的地震，特意设计以钢筋构筑整个三层建筑物，使其仿佛紧紧匍匐于地面一样牢固，并使用了大量的支柱。虽然是为防备地震而设计的，但是也能有效地抵抗空袭。它的水泥也比一般的大楼要厚得多，因此我们都将其称为“装甲大楼”。虽然很坚固，但如果作为店铺来使用的话似乎不是那么的方便。

“二战”后，周先生已经不在这个“庞然大物”的店铺里做生意了。他回到山手县的家中，通过电报进行纤维交易，也可以顺畅地做起生意了。新瑞兴家的公子周达生先生没有经商，而是成为了民族学博物馆的副教授，是个学者。国立的研究机构和大学逐渐地开始正式接受外国人为教授，周先生好像是关西地区第一位被接受的外国人。

我家位于五丁目，面朝一条主干道，和荣町的电车轨道之间还有一条东西向的道路，被称为内海岸。隔着一条路的南边是海岸通，北边就是荣町的番地。这里的水产批发店鳞次栉比，以出口为主业的华侨商馆就是从这里的批发店采购货物。战前的贸易很少使用信用证，主要是信用交易。如果不了解对方的信用度，就会有对方拒付货款的风险。所以日本商人只负责从批发商那儿进货，商品的对外出口部分则由华侨负责。既然分工明确，就不会有利益冲突，大家相处得也非常融洽，会一起登山、赏花、参加运动会。可以说，即使是战争时期，这里也有日中友好示范区。

内海岸南侧的批发店与我家房子背对着，我只要爬上晾晒台就能听到从对面后门传来的“喂，明天南部产的鱿鱼干能到货吗？”之类的声音，有时候似乎也能看到批发店的人们聚在后门谈买卖的场景。我家房子的前门比较宽敞，背面有“富永”“大桥”“小室”这些批发店。富永是琼脂专卖店，大桥除了水产物还有豆类和谷类，小室店老板的儿子跟我是小学同级。去年年末，我在NHK广播中与冈部伊都子女士交谈时，才知道小室店的老板是冈部女士母亲的哥哥。她在少女时代会去小室商店玩，有时候还会在那里过夜。我少年时也常在那附近转悠，或许还遇到过学生时代的冈部女士呢。

如此写来，我的脑海中愈发鲜明地浮现出了在那个地方生活的一点一滴。可能是因为在写《青云之轴》的时候完整地回忆了一次，所以记忆比较深刻吧。

关于《青云之轴》标题的由来，我犹记得当时是因为脑海中涌现出了这样一联诗句：

青云无轴转乾坤

红颜有情看天地

作律诗之时讲究对偶，但我这一联诗句终究也没能用到诗里。后来我自省了一番，觉得将“天地”和“乾坤”列于诗句之中未免过于夸张，格调过高。即便如此，想到它能够作为我小说的题目，我就已经心满意足了。

（1984年3月）

赫定与《丝绸之路》——青春之书

战争时期的青春无论在哪个国家都是毫无二致的吧——无一不是被极度凝缩过的。在战争时期随时面临着死亡，人们无法掌握生命的长度，自然只能将生命活出厚度了吧。

海外旅行对于战时的年轻人来说终究只是个梦，他们除了应征奔赴战场外别无他选，而这件事情反而更加坚定了年轻人奔赴海外的志向。我在外语学校读过印度语和波斯语专业，对西域——所谓的“丝绸之路”抱有兴趣。

那个时候应该是出版书籍日益困难的时期，但是有关“大东亚”的书籍也许是被认定为与时局相符的原因吧，得到了很高的评价。当然这其中也有一部分是迎合时局的书籍，但是有真材实料的书籍也不少。当时有一家名为“生活社”的出版社出版了很多那方面的书。打着亚洲内陆从刊旗号的刊物是正规的菊版[①]，似乎收录了很多好书。奥雷尔·斯坦因的《亚洲腹地考古图记》和普尔杰瓦尔斯基的《蒙古与青海》都被收录在这个丛刊里。改造社的大陆文学丛刊收录了斯文·赫定的《马仲英逃亡记》，这或许可以说是我的“青春之书”。

马仲英是回族的青年将军，1932年至1934年之间在新疆发起叛乱，斯文·赫定的探险队也被卷入其中。我读这本书的时候，书中写到的那些事情的始末，正是发生在过去十年内活生生的事件。读时令人热血沸腾，读后又发人深省。而这无非是因为那些都是真实发生于我国的动乱。

斯文·赫定的著作最初是用瑞典语写的，之后出版了德语版、英语版，以“Big Horse flight”为题的英文版在1936年出版，两年之后日语版出版。译者是小野忍先生，我反复读了好几遍。因为故事的梗概我早已烂熟于心，所以现在想来，当时的反复阅读完全是为了进行思考。

赫定最后的探险分为三部曲。动乱的部分是《马仲英逃亡记》，罗布泊旅行的部分是《游移的湖》，出发和结

① 菊版是日本印刷用纸的一种规格，日式的菊版纸张尺寸，即国内所经常称呼的“菊版”规格纸，为23英寸×35英寸（约635mm×889mm），是最常用的尺寸之一。

束的部分为《丝绸之路》。战争时期，全部被译为日语的《丝绸之路》有两个日语版本，桥田宪辉翻译的题目为《绢之路》[①]，高山洋吉翻译的题目为《红色之路踏破记》[②]。当时正值中日战争时期，后者题目的译文大概是想到了苏联对中国的援助之路吧。与“丝绸之路”这个比较浪漫的题目相比，“红色之路”这个符合时局的题目更能引起读者的注意吧。

因为我做梦也没有想过自己能去丝绸之路，所以只能怀着苦闷的心情一字一句地读完了这本书。《马仲英逃亡记》我随身携带反复阅读了好几遍，最后在战争后期的空袭与疏散的慌乱中把它弄丢了。在我真正能够去丝绸之路的时候，我特别想念这本书，也一直在留意旧书店，但怎么也买不到。于是我就死皮赖脸地缠着译者小野忍先生赠给我一本。大概在10年之前小野先生来神户的时候赠给了我一本书，不是《马仲英逃亡记》，而是《中国的西北角》。这本书是天津大公报社记者范长江所著的游记，昭和十三年（1938）由松枝茂夫先生翻译，改造社出版。

“把书送给最需要的人。”小野先生是这么说的。因为

---

① 日文名字为《絹の道》。

② 日文名字为《赤色ルート踏破記》。

我特别怀念那本书，所以打算留作纪念，但小野先生似乎以为我要用做研究。

“二战”以后，白水社把命名为《马仲英逃亡记》的这一部分以《探寻战乱频频的西域》为题重新出版。小野先生似乎是考虑到若是用做研究的话，最新版《探寻战乱频频的西域》是最合适的，所以送给了我已经很难入手并且也没有重新翻译的《中国的西北角》，并且补充道：“这也是松枝先生的初衷。”封皮的背面加上了题字：“小野忍先生 惠勿存 松枝茂夫拜。”一般都是“惠存”，就是“请好好保存”的意思，但是加上“勿”，就是“不要保存”的意思。小野先生在松枝先生署名的上方写道“敬赠陈舜臣先生”，日期是1977年9月20日，即使赠言上写着“惠勿存”，小野先生也保存了40多年。

我在青春时代不仅仅拜读了赫定的著作，又因为喜欢小说，也曾沉迷过海明威的作品。

前几年我获得了“NHK放送文化奖”，获奖理由中提到了我对“丝绸之路”等节目的支持。获奖者需要发表5分钟左右的获奖感言。

我本打算这样说：“我在学生时代就拜读了赫定的作品，也一直对丝绸之路心存憧憬。这次有幸能够参与丝绸之路这一节目，我不胜感激。即便如此，获得这个奖项我感到……”

几天后，NHK送来了颁奖典礼上录的录像。当时孙子们也在我家看录像，当我跟他们说“看，爷爷出来”时，不禁愕然了——本应该说“赫定”的时候我却说成了“海明威”。因为读了海明威的书而非常憧憬丝绸之路这句话完全不通顺。难道是因为他们名字开头的发音都是“he（へ）”吗？但是，我总觉得自己会出现这样的错误一定是有着什么必然的原因。

（1988年7月）

身兼二职——处女作创作之时

去年，我的作家生涯正好走过四分之一个世纪，这25年的光阴，可真是不短啊！从我的处女作《枯草之根》获得江户川乱步奖的那年——昭和三十六年（1961）开始，向前追溯这四分之一个世纪，就回到了昭和十一年（1936），也就是卢沟桥事变的前一年。在这一年，日本发生了二·二六事件，中国发生了西安事变。

那些在我写处女作的时候以“现代”为背景创作而成的小说，现在读起来好像是要被归为历史小说了。

当时的杂志界，杂志很少有加印的，但那些标榜着推理小说特辑的杂志却总是被破例加印，可以说推理小说在人们心中已扎下根来。优秀的作家不断地涌现，催生了推理小说的出版热潮。像黑岩重吾、结城昌治、佐野洋、笹泽左保[1]，这些精英作家在前些年就已经分庭抗礼。昭和三十五年（1960），水上勉发表了运用推理手法创作的《雁之寺》，而在其翌年才发表处女作的我，给人一种“迟到的青年”的感觉。

松本清张扩大了推理小说的范围，创造了一个更能孕育出精英作家的环境。这时候出现的作家，应该或多或少都受到了清张的影响。

梶山季之的作品《黑色试走车》和我的处女作前后问世，因此他称呼我为“同期生”。但梶山以前负责编辑过《新思潮》杂志，还做过报告文学记者，与其说他的同期生是我，倒不如说是三好徹和野坂昭如吧。

我不是文学青年，没有和同仁一起做杂志的经历，也没

---

① 黑岩重吾（1924—2003），日本作家。1960年以首部长篇小说《休日之断崖》入选直木赏候补名单，而翌年（1961）的《背德的mes》顺利获得第四十四届直木赏，之后相继发表《腐坏的太阳》《废墟之唇》等作品。
结城昌治（1927—1996），本名田村幸雄，日本著名推理小说家。代表作品《夜的终结时》《军旗随风下》等。
佐野洋（1928—2013），本名丸山一郎，日本推理小说作家，有日本推理文坛五虎将之一之称，主要作品有《戒烟日》《仁义陷阱》《滑梯》《妻子的证词》等。
笹泽左保（1930—2002），本名笹泽胜，日本推理小说作家。其代表作有《断崖边的情人》《不懂女性心理的罪犯》《初夜失踪的新娘》《春梦疑案》《暗坡》《空白的起点》《突如其来的明日》《大海的请柬》等。

有能一起探讨文学的朋友。多亏了乱步奖，我的名字才得以登上报纸，加之白川渥①先生的召集，大家为我开了个庆祝会。我们和当地的十几位“伙伴”聚集在神户的花隈，有田边圣子、灰谷健次郎、织田正吉②等人，但我之前和他们都没有任何接触，和白川先生也是第一次见面。

获奖作品是我的处女作，虽然由出版方讲谈社将作品送到各处，但我还清楚地记得我向恩师若杉慧老师和岛尾敏雄前辈敬赠了我的书。我在神户小学读书的时候，若杉老师没当过我的班主任，但是在五年级时，曾指导过我绘画。岛尾前辈是在我入学那年毕业的，听说若杉老师给他改过作文。我们那个名校不知为何，安排侍从在走廊里张贴上学生的作品，只有在绘画、手工、作文方面最突出的学生的作品才有资格被贴上去。侍从们当然不会一一细看作品，上交作文的

---

① 白川渥（1907—1986），本名白川正美，日本小说家。明石短期大学名誉教授。作品《崖》为芥川奖候补。

② 田边圣子 （1928—2019），日本小说家。以写作恋爱小说为主，曾获得过包括第50届芥川文学奖在内的多项文学奖。代表作品有《伤感旅行》《乖僻一茶》等。
灰谷健次郎（1934—2006），日本儿童文学作家。代表作品有《兔之眼》《太阳之子》等。
织田正吉（1931—），本名构恒一，日本演艺作家、放送作家、随笔作家。代表作品有《绚烂的暗号 解开百人一首之谜》《笑与幽默》等。

正是岛尾前辈，若杉老师虽然也不是他的班主任，但帮他修改了作文。岛尾前辈担任神户外大副教授时还教过我的妻子，可以说是两层缘分。我和妻子都收到了满载着岛尾前辈谆谆教导的信件，本来已经好好地保存了起来，但现在居然找不到了。

那时的我，除了写作，每天还帮着处理家里的生意，可谓身兼二职。也不是每天都有蜂拥而至的订单，所以不会占用太多的时间。但是写作这个工作似乎耗费了我大量的体力和精力。可能是作为新人压力过大，过了一年左右我便得了十二指肠溃疡，身体暴瘦。妻子担心我的身体，让我无论如何保证健康第一，不要再写小说。于是我和妻子做了约定："如果体重瘦到40公斤以下就不写小说了。"我在写第三部新作《弓之屋》的后记时，体重在42公斤上下，写完那本书体重达到了45公斤，终于松了口气。顺便说一下，25年过去了，现在我的体重达到了五十七八公斤。十二指肠溃疡没做手术就痊愈之后，我就不再担心什么了。

为了加强运动，强身健体，我打算打打保龄球，于是我就想加入神户新闻会馆的保龄球会。记得当时会费是3万日元。我去神户新闻会馆交钱的路上偶遇了白川渥先生。白川先生问我："你要去哪里呢？"东扯西聊一番后他说道：

“打保龄球也能算是运动吗？不如去打高尔夫吧。用这3万日元去买个二手的球棒吧，我陪你去。”那时，白川先生刚开始打高尔夫，小矶良平、竹中郁都是他的朋友，我非常犹豫。得知他们高尔夫比赛的奖品是小矶良平的素描时，我又大为心动。同时打保龄球和高尔夫也未尝不可，于是，我对白川先生说：“高尔夫我再考虑考虑。”总而言之，我还是成了保龄球会员。

最终我还是没能去打高尔夫。因为本来就身兼二职，实在无暇顾及高尔夫球。之后我还在报纸的专栏上发表过“高尔夫球包也应该收费”的言论，被认为是反高尔夫派，白川先生也不再邀请我一起打球了。日本国铁（“日本国有铁道”的简称）规定，虽然高尔夫球包的大小超过了随身行李的限制尺寸，但为了振兴体育事业，允许自由携带，且不收任何费用。摆摊的老奶奶带的行李都要收钱，而资产阶级（当时打高尔夫的都是资产阶级）的平日消遣竟然免费。虽然这种想法有“无理取闹”的成分在，但确实令人感到奇怪。当时还是太年轻啊。

好不容易交了保龄球入会费，只去了几次便放弃了。而高尔夫呢，高尔夫球场上有个牌子，上面贴着我的高得令人惊讶的分数，特别显眼，大概是为了招揽顾客吧。但正因如此，我也不能去打高尔夫了，如果去了的话，就会暴露了牌子上的分数是伪造的。我想着：“难道我也是个名人吗？”当时的心情很微妙。

（1987年10月）

我的碧海蓝天

因为住在神户，从我的住处大多能看到大海。少年时代在港口一带长大，现在住在六甲的高台，离港口稍微远了一点，但侧目转头，便能看到书房的窗外广阔无垠的大海。

少年时期我住在海岸通，但不可思议的是，我的记忆里竟然很少有关于大海的印象。脑海里仿佛都是关于船的记忆。同样是生活在海边，过去离海太近，每天看着船生活，而现在才是真正地眺望大海。离海太近的话，“大海”这一印象反而在我的脑海中留存尚浅了。

在港口长大的我，年少时一心扑在船上，就像现在的“机车爱好者”一样，我曾经也是个相当狂热的“船迷”。时间一长，我还是渐渐淡忘了年少时自己为之痴迷的东西，可是去年缘分眷顾，我又开始了乘船之旅。

4月，去福建武夷山采访时，我们选择了从香港乘船去厦门的路线。我们乘坐一艘名为“鼓浪屿号”的中国客船，大概能载重3000吨，但是船上却到处挂着法语的牌子，好像是法国制造。当时不凑巧，天公不作美，船颠簸得厉害。即使是短短两天一夜的海上旅行，心中也充满紧张，直到看到厦门岛屿的轮廓时，我才松了口气。

7月，我乘坐万吨级客船“耀华号”从博多去天津。这三天两夜的乘船之旅无比平稳，完全感觉不到海浪的律动，安稳到甚至让我有点失望。但返程时由于不能保证海面平稳如初，还是选择了乘飞机。

不管摇晃不摇晃，我都没那么喜欢坐船。少年时代确实是船迷，但也只是望着船，自我陶醉在被船环绕着的氛围里罢了。而真正晕船的滋味却叫人头昏眼花、难受无比。所谓喜欢，并不是爱其全部，有时只是喜欢某一部分而已。

初中时，我爱读一本叫做《碧海蓝天》的杂志。那时战争已经开始，杂志上刊登了许多关于军舰和军用战机的报道。生活在商业港口的我，关注点主要集中在商船上，因此于我而言，杂志中有很多可有可无的部分。但是除此之外也没有初中生可以看的与船相关的杂志了。

虽说是可有可无的部分，读的时候也会不知不觉沉迷其中。那时候，我渐渐开始对飞机感兴趣了。但当时正值备考期，只得被迫与《碧海蓝天》告别。之后，我又关注别的事，就没再看过那本杂志了。

虽然不喜欢海上旅行，但直到现在，一看到船我的心就怦怦跳。这种感觉大概有点像对前女友的愧疚感，但对于飞机却丝毫没有这种感觉。难道是因为我对它们投入感情的深浅程度不同吗？

巨型油轮和豪华客船暂且不提，我们平常在港口看到的商船与之前相比，船体精美了许多，但好像在体积上没有什么变化。平均来看，现在的商船与以前相比，体积基本上是变大了，但并没有像飞机那样大型化。我一直把零式战斗机当做普通飞机，所以看到现在的客机，就感觉不是飞机，至少我感到那熟悉的亲切感在渐渐消散。我们小时候，一听到飞机来了，大家都会冲出去仰头看天空。现在的孩子不会冲出去看飞机了，飞机也多半飞在云层之上，它们的踪影不再被轻易地找到。

丝绸之路之行，我乘坐了24人专用的螺旋桨飞机。由于当时无法翻越高达4000米的天山，于是绕路乌鲁木齐，从山与山之间穿过，到达塔克拉玛干沙漠。因为是不太常见的飞机，沙漠绿洲中到处可见冲出来仰头看天空的孩子。

在库车招待所工作的一名22岁的吉尔吉斯族女孩问我女

儿："你家有飞机吧？"好像以为在日本只要过得还可以的人，就会有私人飞机。这可能是因为那时上映的日本电影中有自家用的塞纳斯飞机的场景，以至于夸大了生活在西域的吉尔吉斯少女对日本的印象吧。但是，她之所以会这样想，或许不仅因为她所居住的这个地方绿洲与绿洲之间相隔较远，外界消息流通相对闭塞，还可能因为观光的小型飞机飞得比较低，触手可及吧。

虽然我经常坐飞机，但现在的飞机却给我一种无法触及的感觉。因此，刚坐下一会儿，我就会有强烈的疏离之感。

去年，许久未坐船的我又登上了甲板。我不喜欢乘船，但船近在咫尺的感觉让我有一种莫名的安心感。这也许是我乘船之旅最大的收获吧。

（1981年1月）

跑步二三事

虽然最近走路有点不稳，但我一直到60岁的时候，对自己的腿脚都还很有自信的。这种自信可能源于小学4年级我被选为了接力跑选手。其实被选为参赛选手的经历只有这么一次，而且因为在运动会前夕我的手臂骨折了，实际上并没能在运动场上为观众展示我矫健的身姿，或者可以说多亏了骨折，我才幸免在大家面前丢脸吧。

小学一年级运动会时，在全员参加的赛跑中，我得了倒数第一。但是我从来都没觉得我比别人跑得慢。因为当时我的短裤快滑下来了，我只能一边用手紧紧提着裤子一边跑，所以我坚信，我的倒数第一都怪那条短裤。而四年级时被选为接力选手一事更是坚定了我的自信心。

现在回想起来，运动会上总有几个过于引人注目的运动少年，而校方恰恰是想要排除这种“明星主义”的吧，“尽可能地给更多的学生展示的机会”，也许正是出于这种教育方法上的考虑，我这样的人才被选为选手了吧。但是，我这个当事人却不知道这些事，只是受到鼓励，增强了自信心。

我还清楚地记得，初中的时候每年都会举办一次全校马拉松，除了生病体弱的同学，每个学生都被要求必须参加。200人跑的话，我大概在180名左右。作为倒数几名里的一个，这个惨不忍睹的成绩却丝毫没有挫败我的自信心。因为我认为“马拉松拼的不是谁跑得快，而是一场持久力的较量”。

初中毕业后，虽然也接受过跑步训练，但再没有赛跑的机会了。即便如此，我那没来由的自信心却丝毫未减。

慢跑刚开始在世界范围内流行起来时，许久没运动的我也跑了跑。我家对面有所学校，操场没人的时候我和妻子就去跑步，但我总是比妻子跑得慢。本来就是为了运动而不是赛跑，但我还是很在意自己居然跑得这么慢。也没有听妻子说她因为跑步快而引以为傲的话，或许这是昭和年代女性的标准步速吧。我很难接受就这样输掉了的事实，总是在想，不应该是这样的，但那时候更应该做的是通过这件事反省一下自己。

只要不是专业运动员，对于我们普通人来说，跑步速度的快慢并不是什么大问题。而之前跑步本身应该也不是竞技比赛的主流吧。时常耳闻相扑、剑道这些靠力量或技巧角逐的比赛，或是赛马这样值得一看的赛事，但从未听说过武士在赛跑比赛中收获大量人气。十八般武艺之中，有游泳，却没有跑步。

明治二十五年（1892），福岛少校（后来的福岛大将）单枪匹马完成横渡西伯利亚的伟业，一跃成为国民英雄。他对当时马拉松终于在日本流行起来一事评价道："这不就是车夫和马夫做的事吗？"

此番言论引起了广泛争议，当然也不难想象这句话肯定也受到了以金栗四三为首的日本马拉松先驱们的强烈批判。福岛少校对马拉松的侮辱如果放到现代的话，会因为职业歧视而被质疑吧。

在过去的战争中，有名的武士都骑马打仗，在战场上四处奔走的都是步卒。在那个时代，只能靠双脚奔走的人往往不受尊重。

跑得快的人被叫做"韦驮天"，就是我们常说的"飞毛腿"。韦驮天本是婆罗门教的神，在佛教中被供奉为伽蓝守护神。翻阅手边的梵语词典，韦驮天（"skanda"）是至今仍被供奉为印度教最高神雪娃之子，既是军神，也是侵袭孩子的瘟神。虽然没有特别强调跑得快，但“skanda”一词还表示“蝗虫”之义，所以好像还是和腿脚快有点关系。

在佛教传说中，释迦牟尼涅槃之时，以腿脚快出名的恶鬼捷疾鬼从释迦牟尼的遗体中偷走了牙齿，被韦驮天追回。虽然立了大功，但是日本禅寺的习俗却是将韦驮天供奉在厨房。明明是守护神，却不怎么受到优待，没准儿是因为脚步太快的缘故吧。

我好不容易开始了慢跑，却又放弃了。并不是对跑步抱有偏见，也不是对韦驮天的不得志打抱不平。三年前，我打算去中国帕米尔山中的塔什库尔干，在新疆喀什做心电图时却被告知“你不能去”。因为要翻越海拔4200米的跳跃山口，所以去那儿的人不管是中国人还是外国人，都要接受心电图和血压检查。我的检查结果不合格。在那之前，我做梦都没有想到自己的心脏机能不够好。

来到了喀什却不能去塔什库尔干，实感遗憾。尤其是不能亲眼眺望公格尔峰和木孜塔格峰的银岭让我感到十分可惜。但在我的软磨硬泡下，医生终于陪同我带着氧气瓶完成了去帕米尔的夙愿。

虽然达成了心愿，但是我的心脏连攀登4200米的高度都是问题，这令我很意外。但无论有多意外，心电图检查都是有科学依据的，我必须坦然地接受这一结果。

虽然慢跑对健康有好处，但如果心脏状况不太好，就算是再小的毛病，也应该考虑是否还要继续跑下去。我安慰自己，还没有那么糟糕，毕竟在医生陪同下最终还是被允许进入帕米尔地区，即便这样，我还是决定适当减少慢跑。

也许是我特别容易受到心理暗示的影响，40多年来，小学时被选为接力选手的事我一直牢牢地记在心里，觉得这件事证明了自己的跑步水平。这期间虽然几乎没有需要快跑的机会，但我一直觉得一到紧要关头自己就能化身飞毛腿。这份自信对我的人生多少产生了一些积极的影响吧。

心电图的事与此正相反，它让我的人生比较消极，我选择了退缩，放弃了跑步。由于运动不足，体型也圆润了，这自然是负面的影响。

我时常会想，如果四年级的时候真的出场参加了接力赛跑的话，结果可能是从此丧失了自信。或许丧失掉那份自信之后，我的人生会变得稍许单薄。不过换个角度想，清楚地知道自己的定位也是一件好事。哪种结果更好呢？

之前评选文学奖的时候，我有时会突然陷入沉思。——所谓颁奖，到底是不是为了获奖者好呢？现在看来，参赛者通过落选一事反而能够获知自己真正的实力，我们让他们落选也不失为一种善意。因为不清楚获奖者的真实想法，这个问题时常得不出结论。

写下这段话时，我抬头看了看窗外，对面学校的操场上，有十来个学生正在恣意奔跑着，挥洒着青春……

（1982年1月）

价值百万美元的夜景

我住在六甲的高台，每天都在俯瞰神户的大街小巷。自古以来，神户的夜景就被称赞价值100万美元。因为现在是通货膨胀和美元贬值的时代，100万美元听起来也不怎么震撼人心，所以如今时常有人在百万的基础上再加上一位数——“价值千万美元的夜景”。

这么说来，把有钱人称作“百万富翁”的情况好像也越来越少了。出于习惯想说出这个词时，仔细想想，100万也不能算是富翁，所以今后是不是要换个说法呢？但“百万富翁”可能也不是什么过时的用法，感觉是从英语“millionaire”翻译过来的。

100的一百倍是一万，一万的一百倍就是100万，所以在形容数量繁多的时候，总会出现 “上百万”这样的字眼。战争也是如此。“百万大军”的说法我们并不陌生，但并不知道是否真正多达百万人。如果是的话，那就数不胜数了。以此为由，也有人口若悬河地称自己率领过百万大军，大概是想凭数量来威吓敌人吧。

比如，鸿门宴时，天下之争，项羽率军40万，刘邦率军10万。《史记》一书中这样记载："是时项羽兵四十万，号百万。沛公（刘邦）兵十万，号二十万，力不敌。"项羽有40万士兵在，便称此为百万。而刘邦率兵10万，翻倍称之为20万，还是项羽野心更大。也许《史记》作者司马迁的用意正是通过这样的细节描写，来展现两位将领不同的性格特点。而打仗的时候宣称兵力为实际的两倍左右，似乎是当时的常识。当然，这也不是中国特有的说法。

说到百万，自然会想起京都的地名——百万遍。为了消除疾病和灾难，北白川的知恩寺曾举行转佛珠、念佛100万次的仪式。这便是"百万遍"这一地名的由来。

而民间故事中，关于母子相逢的歌谣里也出现了"百万"。这个孩子是位高僧，能够召集十万群众传教，世称"十万上人"。而称呼他的母亲，自然要再加上一位数字，于是便有了"百万上人"这个有点幽默的尊称。但歌谣里母亲"百万上人"的设定是：她好不容易见到了自己的孩子，但是他却不属于这个世间。

数字中的“百万”在度量方法——尺贯法上遇到了问题。的确，生活中“一寸小虫”“五尺男儿”“百贯胖子”等说法渐渐变得不常用了。作为普通人，不管我们怎么努力，也无法理解长度、重量这些抽象概念。

当我就中国历史相关部分进行写作时，我时常有些困惑，因为中国度量衡的单位因时代而异，甚至在同一个时代也不尽相同，比如，在唐代，单位“尺”就有大尺和小尺之分。

细微差别尚可理解，但“里”这一单位在中国和日本却大相径庭。中国不同的时代对“里”的长度定义各不相同，但大体指500米左右。而日本的“里”将近4000米，所以如果没有注释的话就会引起歧义。

“斗酒犹不辞。”这句话常常被用来形容大酒鬼。一个人肯定喝不下一斗酒，所以这也被认为是“白发三千丈”式的夸张手法。

春秋战国时代的“斗”大体相当于现在日本的“升”。若要细说，日本的“一升”相当于1.8公升，而中国春秋时期到汉代的“一斗”大约1.9公升。

我们周围有很多能喝一升酒的男人（现在应该泛指“人”，虽然我的语感偏向于特指男人），用不着大惊小怪。而且我请教过行家，好像古代酒的度数要比现在低。如此一来，斗酒不辞的男子汉，好像也没有那么稀奇。

我每天眺望的夜景，不论它被称赞值100万美元也好，1000万美元也罢，这些微不足道的东西都让我引以为傲。但是前几天我又有了新发现。

于我而言，夜景就是单纯地站在高处俯瞰万家灯火。然而前些日子，我在晚上去了港口，抬头仰望，惊觉于夜景之美。神户是坡多的城市，站在港口远眺，便会有种仰望之感。神户新建了一座名为“港岛”的人工岛，明年将在那里举行博览会，届时，抬头就能仰望到的夜景一定会成为吸引游客的一大亮点吧。

（1980年4月）

含笑花之树

大概在“二战”后的第二年，有人来卖含笑树的压枝。他衣着简陋，但却气质不俗。当时，在战火的废墟中，时常会看到这样生不逢时的人。虽然压枝价格不菲，但岳父还是买下了它。

“含笑”原产于热带，学名叫“唐种招灵”，在日本不太常见。奶油色的花朵，散发着幽远的清香。有些台湾的女性会把花瓣点缀在发间作头饰，也有人佩戴于身，把它当作香水来用。把花瓣放入茶点，香气也会浸润其中，为此，渐渐有人开始栽培“含笑”。据说战争时，台湾总督府下令（或许是下级官员佯装忠诚出此建议），说粮食增产是首要任务，像这种可有可无的树木只是占地方而已。据说当时大量的含笑花树被砍伐，这简直荒唐至极。

在神户，外国人家的院子里常种着含笑花。威尔斯王子访日时种在神户的松荫高等女子学校里的，也是含笑。卖树的人坦言，他在因遭到空袭而变成废墟的外国人宅邸的庭院里发现含笑居然还活着，就把它分株做成了压枝。

14年前，我搬到六甲时，又取了分株种下，它安然生根，长到现在。花一开，周围一圈便充溢着甘甜而又柔和的香气。母亲去世后我才突然发现，我之所以喜欢含笑花的香气，或许是因为这是妈妈身上的味道吧。每到花开的季节，母亲总会把含笑花插在头发上，或是包在手帕里放在身旁。也许从我还没懂事的时候起，母亲就一直这样做吧，不知从何时起，我把含笑花的香气当成了妈妈身上的味道。

从名字中的“唐种”二字便能知道它是外来品种，传到日本的时期好像有江户中期和明治初年两种说法。虽然它和日本渊源不深，但时常能在花店看到它的身影。也许日本人也开始喜欢上这种香远益清的花了。

说到香远益清，这和木樨有点相似，中国也把木樨类的花木总称为“桂”。日语中的“桂”字是指连香树科植物，虽然两个国家都使用“桂”字，但所指代的却不尽相同。难道这是中日同文同种的陷阱吗？著名的中国桂林，整个城市都埋没在桂树中，一到花季，无论走到哪里都充溢着桂花的香气。

繁育了我家庭院里含笑的那颗母株现在已不复存在。据说是土地的主人为了建停车场，直接把它砍了。我家的含笑也像家里失去了顶梁柱一样失去了父母。我现在每天给它浇足水，悉心地养育着它。

（1984年10月）

名人之言与我的开场白

上次看电视的时候，碰巧看了一档烹饪节目。平时，我定点收看的电视节目只有NHK新闻中心的9点晚间新闻。因为早上起得迟，饭点也相应推迟，晚饭大概在8点半到9点之间开始。饭量虽不大，但我总会小酌几杯。我妻子会说我“喝个没完”，但最多也就是一个小时左右。吃饭的时候打开电视，正好就是NHK 晚九点新闻。与其说特意去看电视，倒不如说正好到了那个时间。

我的工作室在二楼，当然那里没有电视。前文提到的那档烹饪节目，是因为前几天孙子来玩，想稍微跟他玩一下，下楼的时候，电视里放着的正是那档节目。虽然只看了片刻，但不知为何我的心里十分不痛快。嘉宾好像是东京大仓酒店的厨师长，但他摆着架子，对现场的女主持人尖酸刻薄。节目主持人代表着广大观众，所以这说明那个厨师瞧不起观众们。也许是因为他不想上电视，被硬拉来参加节目，才表现出不耐烦吧。如果不想出场，直接拒绝即可，毕竟又不是专业演员，就算拒绝了也不会影响生计。

所谓匠人气质、名人气质正是此意。性格有点乖僻的人往往是一根筋埋头钻研的人，但也不能程度过甚，切忌狂妄。傲慢的人永远出不了名。想要成为名人，最基本的条件就是要谦虚。

不管处于哪个领域，能否成为名人都取决于资质高低和努力多少。“努力”这个词可能会遭到误解，那就暂且称之为“吸收力”或是“钻研力”吧。

我也曾被带去所谓的“老板有些古怪，但饭菜很棒”的饭店吃过饭，但一般都不好吃。店里的客人好像吃得津津有味，但总感觉老板摆着架子，客人点头哈腰。看到这样的情景，就明白了这家店肯定很难吃。如果在这样的店里说出“这个不好吃”之类的话，可能就会被老板一脚踢飞，或者被老板拿着菜刀追吧。这样的厨师，自诩做了最好吃的菜肴，一旦听到批判之声，就会勃然大怒。而谦虚的厨师会向客人道歉，也会尽力倾听客人直率的批评。听进客人的建议之后，就不会再失败第二次，这就是提升厨艺的契机。

我发现了一项铁则，屡试不爽。如果客人点头哈腰、满怀感激地拿着筷子，仿佛在说“请允许我品尝”，这样的店无一例外都不好吃。虽然偏离了电视节目的话题，但也可以想象那位厨师做的菜有多么难吃。烹饪一定要用心，不然即使那位厨师做的菜是绝世极品，恐怕我也不想吃吧。人生在世，少吃一两盘所谓的“绝品佳肴”也没什么值得可惜的。

现在提笔想为已故的朋友王炳炽先生写点东西，我很尊敬他，但回忆他的故事实属痛苦，我也只是在絮絮叨叨罢了。在神户的粤菜厨师中，没有谁的厨艺能和王炳炽先生相媲美。我一直近乎偏执地使用“谦虚”一词，但这都是在认识王先生之后开始用的。虽然是老生常谈了，但王先生是我认识的最谦虚的厨师。有时他也会兴致勃勃地说起关于烹饪的话题，他自幼来到日本，却一辈子也没说好日语。或许他的一生中，在厨房度过的时间已占据了大半，而社交生活的比重微乎其微吧。

王先生说起烹饪的话题时还会使用到肢体语言，这大概是因为做菜本来就是一件很难讲述的事吧。现在回想起来，他从未炫耀过自己的厨艺，相反，经常听到他说自己力不从心之类的话：“我一直在跟火打交道，真就像我的名字一样，这一辈子都在操劳关于火的事。”他名字中的“炳”

“炽”二字均为火字旁，“炳”字意为亮光照耀熠熠生辉之姿，“炽”字表达篝火熊熊燃烧之意。“我就像个火人”，他自己这样说着，表情却甚是开心。

王先生是个心地善良的人。我和他是从小的玩伴，虽然我写得比较混乱，没能形容出他的纯粹，但我知道，他心灵的纯粹是不掺任何杂质的。

王先生十分孝顺，一直在给远在广东的母亲寄钱。他单身的时候大概是把所有的钱都寄回了家。“二战”刚刚结束时，因为一切都处在混乱之中，所以也无法正常向家里汇款。当时盛行小型船走私，冒充海盗的一伙人告诉王先生“我们会把钱带到广东，交给你的母亲”，然后就这样拿走了他的钱，而且这种情况绝不止一两次。不管对谁来说，父母都很重要。我佩服王先生的孝心，但同时又对利用他这一赤诚孝心的那些家伙感到愤怒不已。后来当我得知王先生将自己的血汗钱如数送给的其实是他的继母时，敬佩之情油然而生。

大概在二十年前，王先生经营的元町的“别馆牡丹园”曾经濒临经营危机。客人络绎不绝，但餐馆赤字严重，甚是不可思议。我仔细询问才得知，王先生太专心于做菜，却忘记给菜品提价。计算成本之类的词，仿佛从未在他的脑海里出现过。生意越兴隆赤字却越严重，这着实是个奇怪现象，但仔细想想，这也很符合王先生的日常作风。如果有懂经营的人来相助的话，餐馆自然就会盈利了。

两年前，王先生在香港过世了。他回广东老家探亲时，给亲戚们送礼物，勉强地喝了许多酒，多少有些累了吧。后来听说他将原计划提前了，先去香港，然后回日本。在香港的酒店里还发生了电梯事故，被困了30分钟左右，这可能也对他的身体有不好的影响吧。

“就一瞬间的事儿。”王夫人讲起王先生临终的情景，他猝死在了酒店的房间里。

王先生素来谦虚，唯有一事令他骄傲，那便是培育兰花。我家也在温室里养了兰花，但长势欠佳，他听说后，激动地满脸放光说：“我去你家里教你。”

除了培育兰花，他的摄影技术也十分精湛，但这高超的技巧都是源于心中想要记录兰花的执念。

微微眯着眼睛的圆脸上满是笑容，身材不高，却总是在弯腰颔首向人问候，这就是王炳炽先生。他说自己一辈子都在操劳关于火的事，那是因为他认为自己还没有达到顶峰。提到“名人”，王先生的音容笑貌便浮现在我的脑海。在电视上看到那些自称“名人”的冒牌货，我就更能懂得王先生有多了不起。

去年，别馆牡丹园翻修了。一般装修都会增加几张桌子，但这里反而减少了。“名人”王先生的气息尚存。厨房里，王先生的儿子跟他父亲的穿着一样，得心应手地处理着事务。言传身教，润物无声。

（1985年5月）

国际化的美食

我家从事食品贸易，以海产为主，所以也被称为“海产品店”。记得以前父亲对这个称呼不太满意，因为我们还做着不少香菇和琼胶等一些其他品种的生意。琼胶产于信州周边，但原材料是海藻，即便把它归到海产也无可厚非，但香菇却是完全生长在山里的。

出口商当然也是经营相同商品的店铺，它们在广州和香港被称为“南北行”。“行”就像是“银行”这样的名称，是日本企业的单位。再加上表示方位的南北，便是经营南方物产和北方物产的店。东部和西部的店铺呢？或许会有人提出不满，但不管怎么说，每个地方都有着各种各样的物产，而这种叫法还是能体现出这种细微差别的。

在香港，这些店铺鳞次栉比排列的地方被称为“南北行街”。但是，这和神户的“托尔路”一样是个统称，并不是正式的地名。我有几个客户在那边，所以也去过“南北行街”，确实北方和南方的物产都有。虽然也有零售店，但大部分都是批发商。因为是批发街，放在那里的都是样品，但种类却非常可观。在那里我见识了很多新鲜事物。

鱿鱼的种类也是非常繁多。比如日本海的鱿鱼，与北海道的松前鱿鱼和青森县南部的鱿鱼就略有不同。而日本海的竹岛鱿鱼、九州的对马鱿鱼也各有特色。对马鱿鱼又被评为对州第一鱿鱼、第二鱿鱼之类的等级，而剑尖鱿鱼就属于前者。精心去了皮的剑尖鱿鱼非常昂贵。在香港一带，被称为“半剥皮”的日本佐伯鱿鱼也属于高级品。虽然也被称为西机鱿鱼，但这明显是将日语发音广东化后的汉语名字。

20多年前，佐伯鱿鱼只批发，不零售，不知道现在怎么样了。这听起来有点不可思议，实际上也是有原因的。

在福建省南部捕捞的鱿鱼被称为“鱿鱼中的王者”，别名“厦门透抽鱿鱼”，当然价格也很昂贵。鱿鱼以5条或10条为一捆的形式出售。因为日本的佐伯鱿鱼和厦门的鱿鱼形状相似，所以在一捆厦门的鱿鱼中也会被悄悄地放进一两条佐伯鱿鱼。这就是所谓的“掺水”，是零售店在捣鬼。但如果掺的水分过多的话就会受到非议，事情也有可能败露，所以掺水的比例也很微妙。不管怎么说，正因为如此，零售店渐渐开始不再出售佐伯鱿鱼。

虽然有这样的内幕，但做买卖的人还是很努力。因为手段高明，往往只有眼光锐利的消费者才能识破。比较认真的餐馆往往会派有鉴别力的人去采购，一般的餐馆通常是厨师长亲自出去买。菜品味道好不好，一半以上都取决于原材料。之所以提到佐伯鱿鱼的内情，正是想要表达对原料的甄别研究很重要，不能马虎大意。

烹饪本身就是文化，文化产生于不同生活的交织和碰撞。一有机会我就会说这些话。最近经常使用“文化交流”这个词，但在交流文化之前，我们应该认识到，正是因为有交流，所以才产生了文化。这一点从考古学的角度来看也能清晰明了。例如，考古挖掘时发现，新石器时代是创造出了彩陶等精美物品的时代，即使在同样深度的地层也会发现与之前不同种的石器。这种不同不是石器的优劣之分，而是制作方法的差别。据此，我们可以推断，在那个时期，生活方式不同的人们之间是有交流的。正是这种交流孕育了以彩陶为代表的优秀文化。

换言之，在交流中得到地缘优势的，文化便应运而生。

上古时期的黄河中游和美索不达米亚就得益于这种地理优势。突然讲到了这个晦涩的话题，其实是想强调广东，不管从位置上还是从历史上来说都具有地缘优势。

锁国时期的日本，只把长崎作为对外开放的小窗口，只允许与荷兰、中国进行贸易交流。清朝时期的中国与其他国家没有进行外事交涉，也处于闭关锁国的状态。中国当时和日本一样，对交易国家没有限制，但是开港只限于广州一港。因此，广州及其周边地区得以接触不同的生活方式，并激发了文化的发展活力。因为是唯一的开放港口，不仅是国内，国外的物产也源源不断地传了进来。

广东作为集散地，送到这里的南北物产会被运输到各地。运输得越远，经手的商人就越多，价格也就越贵。这些物产在广州自然是最便宜的。材料的种类多，加之价格便宜，因此在广州可以吃到高级而又实惠的食物。所以人们常说“食在广州”，意为吃美食的话，最好的选择还是广州。这句话与“住在杭州，穿在苏州，死在柳州”风格相似，也与《枕草子》的用语风格有异曲同工之妙。之所以说死在柳州，是因为柳州是木材的产地，在柳州可以以低价买到优质的棺木。

集散的不仅仅是物产，还有人。正如长崎有荷兰人居住生活的出岛一样，广州城外的“十三行街”也是外国人的居住聚集地。和出岛一样，虽然想要和外国人保持距离，但完全隔离是不可能的。外国文化会透过小窗口一点一点地渗透进来。而广州自然受影响最大。十三行街最重要的便是英国的东印度公司，19世纪中叶，那里是鸦片贸易的大本营。当时，世界上的各大买卖中，鸦片是最赚钱的。因此，广州成了世界上利率最高的地方。有赚大钱的地方就会有高利率，因而金融业者也蜂拥而至。犹太人及印度帕西族的那些老资本家也都聚集在了澳门附近。

很多人聚集在一起时，每个人就会有着不同的嗜好。而为他们提供食物的人们，就必须串联起各种味道。食客们有选择的自由，如果菜不好吃的话客人就不会来了。食物不仅要有多种口味，食材也要讲究颜色的搭配。只要肯动脑筋，就能应对自如。可以说，正因为厨艺研究者们的不懈努力，才有了如今独具特色的粤菜。

但有时，工夫也会做过头。香港也吃“烤乳猪”的，就没那么夸张。但广东人就会使用整只小猪，在其眼珠上点上油灯，让它啪嗒啪嗒地闪烁。毫无疑问，这样的做法有点过头了。但是这种天不怕地不怕的劲头，也是广东人特有的气质。

无论是旧金山的唐人街还是伦敦的苏霍，说到中餐馆，主要还是指粤菜。巴黎也是如此，但也有不少的越南餐厅。但在我心中，大致把越南菜也看作粤菜的一个分支。上个世纪美国在修建横贯大陆铁路（原称“太平洋铁路”）的时候，招募的工人几乎都是广东人。现在居住在美国的华人大多是这些人的后代，正因如此，美国的中餐厅大多都是粤菜馆。而伦敦也因为和殖民地香港的关系，在伦敦的唐人街也有很多的粤菜馆。即使没有这些关联，说粤菜是中国菜的代表也不足为奇。好像前文已经提过了，由于原料很多，粤菜的传统菜式范围也很广。总之，不管什么嗜好的人都能从中选出几样符合自己口味的食物。可以说粤菜是国际化的美食。

鸦片战争后，南京条约签订，广州以外的地区也被划定为通商口岸。但是对外贸易和与外国人的交易，却不得不依赖有经验的广东人，当时，广东人开始到全国各地发展。粤菜同他们一起，进入到了中国各个开放的窗口。

就算是清朝时的北京也随处可见粤菜馆。其中，以奇园和月波楼最为出名。据一本名为《京华春梦录》的书中记载，菜肴既美味又便宜，而且最饱腹的要数“鸭子饭”和“鱼粥”，在冬天吃“边炉”最好。“边炉”就是火锅，读其说明，得知主材是鱼，根据各自的喜好，用椒、油、酱、醋以及新鲜的蔬菜作为佐料，好像和什锦火锅差不多。在北京的寒冬之中，广东的火锅大受欢迎，这可谓是用心烹饪的成果吧。

（1985年10月）

茶馆复兴

记不清是何时，报纸上曾刊登过中国茶馆再度兴盛的报道，大概就是这两三年吧。然而，在这篇报道刊登很早之前，茶馆文化就已经在复兴之中了。不，说不定茶馆文化从未消失过，那么复兴一说便有些说不通了。

提到茶馆，我们的脑海中都会条件反射般地浮现出老舍的名作——戏剧《茶馆》。日本将其称为“新剧”，而在中国则称之为“话剧”。因为它并不像京剧那样边唱边演，而是仅以台词对话为主进行的。

这是一场以一家名为“裕泰”的茶馆为舞台而展开的话剧，并按照时代划分为三幕，每一幕写一个时代。第一幕发生在中日甲午战争结束后的第三年即戊戌（1898）年；第二幕发生在大约20年后的北洋军阀时代；第三幕发生在那之后大约30年，也就是抗日战争胜利后（中华人民共和国成立前夕）。这部话剧时间跨度长达50年，但场所却都设在裕泰茶馆里。登场人物几乎都是平民百姓，能称得上有点小钱的人仅有出场寥寥的茶馆房东秦仲义而已。

富豪们几乎不会去茶馆之类的地方，他们能够在自己的宅邸中呼朋引伴地饮茶。而老百姓们忙于生计，无暇收拾他们那狭小的房子，因此他们也只能去茶馆了。

虽说是茶馆，但这里也不是仅仅只能喝茶。茶馆里也售卖茶点、京味儿烂肉面之类的东西。进了茶馆后要先买茶叶，沏茶热水是免费的。有些闲人早上去了茶馆，喝一碗茶，吃碗烂肉面，一直待到晚上也没人管。虽说这样的人是例外，但一提到茶馆，却总是给人们留下浓厚的“消磨时间”的印象。或许只有那些例外才会让人印象深刻吧。

茶馆不仅是供人休憩的地方，也是老百姓们的社交场所。工作劳累的人们会来这里，他们或许也很想在家里休息，但回到家中便琐事缠身，孩子也很多，多数情况下无法令人沉静下来好好休息。大概只有宅邸宽敞的有钱人才能在家中休憩吧。

茶馆的常客们总是在这里相遇，他们虽然做着各不相同的工作，但都是过着相似生活的老百姓，因此互相之间能够心照不宣地产生共鸣。感觉手头的活儿难熬的时候，只要想到工作结束后能去茶馆和那些家伙聊聊天、开开玩笑，就不自觉地开心起来，努力地加把劲儿把活干完。百姓之间的交往就是这样以相互慰藉为基础进行下去的。

跟彼此了解脾气秉性的伙伴聊天是令人愉悦的。人们非常自然地在茶馆里交流着各自的情况，互相诉说着自己从工作中听说的事，比如“有种药在受伤的时候一涂就能止血”之类的。除此之外，有时好像也真能见到老百姓在茶馆里面磋商工作的光景。

营造茶馆氛围的条件可谓是相当复杂的，其中必然也有落后腐朽的因素存在。在革命如火如荼之时，摒弃它成为了理所应当的抉择。在那个激烈变革与动荡的时代，人们自然也忽视了茶馆本身所具有的其他方面的内涵。茶馆的落后之处一味地被批判着，人们对其本身也并不看好，就这样茶馆逐渐消失在了人们的视野之中。

那么在茶馆中与朋友谈天说地、闲暇休憩的人们又怎么样了呢？虽说茶馆消失了，但人们却不可能不休息，社交活动也不可能不进行。尽管没有挂茶馆这样的招牌，但却有着一个个胜似茶馆的去处——那无非是在人们聚堆下象棋打牌的街头巷尾、在道旁树木撑起的绿荫下，亦或是独居一室稍显宽余之人的家中。

两年前，北京人民艺术剧院在日本举行《茶馆》的公演，我受邀就此话剧写一个随笔，于是就写下了这样一篇文章：

> ……不认生的中国老百姓们总是喜欢热热闹闹地聚在一起谈天说地，商量这个又商量那个，直到现在也存在着一些变了模样的茶馆。虽然茶馆的数量日益减少，但一如从前模样的茶馆也是存在着的吧……

从上文也可以看出，这里还没有写到茶馆文化复兴的内容。但是，就在这之后紧接着有这么一段：

> 在我的印象中，四川之旅中尤为引入注目的便是那些映入眼帘的“茶园”“茶庄”“茶馆”招牌。不仅有那些招牌，更有那些在枝繁叶茂的大树下摆着椅子的“野外茶馆”……

那些场所是茶馆文化复活的产物吗？亦或是茶馆文化始终是存在着的呢？但旅行中的我却疏于去探明这些疑问。

但也不能光看那些招牌就想当然地以为这些都是可以喝

茶吃茶点的地方，这当中也有那种只出售茶叶的店铺。我去北京时住在北京饭店，出去散步的时候顺便去看了看王府井一家挂着“茶庄”招牌的店铺。那是家只出售茶叶的店铺，没有可以饮茶的地方。店里陈列着装着各地特色茶叶的大罐子，罐子上标注着“白毫”“云雾”之类的名字以及一级、二级、三级之类的等级字样。不知为何，不管是哪种茶叶，几乎都看不到有一级品。问过店里，我得到了这样的回答：“因为茶叶等级筛查地十分严格，一级茶叶本来就很稀有，加之现在眼看就要出产新茶，所以更加供不应求了。”出了店门后，同行的当地朋友又向我解释道：“实际上，这段时间一级茶叶大多都被用于政府机关间的互赠礼品了，据说尼克松访华的时候，收到的礼物就是特级龙井茶呢。”

名为“白毫”的高级茶叶，因其茶叶嫩芽上生长出如胎毛一般的白色细绒毛而得名。不了解的人可能会误以为茶叶发霉了。据说庐山的高山云雾之中出产的茶叶尤其味醇香浓。这便是云雾茶。光是看着这些茶叶罐子陈列于此，我便心生愉悦。一眼看过去，客人们或三两或半斤地买着茶叶，店铺的人将茶从罐子里拿出来，去秤上称重，最后再打上包装，非常费时间，但在此等候的客人们却看不出一点儿等得不耐烦的样子。在那里，我感受到了真正源于“茶馆”的氛围。

如今茶馆即使复兴，应该也无法复刻老舍这部戏剧的传奇了吧。纵然在老舍的裕泰茶馆之中，与第一幕相比，剧情也不免朝着茶馆开始兼营住宿（第二幕），再转型为品茶配小吃的美式经营模式（第三幕）的走向来发展。虽说原封不动地保留茶馆形态会更加令人感到别扭，但无论店面如何改变，饮茶谈天作为茶馆最基本的模式却是一直存续的。这种模式的存续是一种必然，也正是人性的根本体现。不得不说，饮茶这一行为无论何时都与人们的交流有着密切的联系，在人与人的交流之中起着不可或缺的作用，细细想来真是让人觉得不可思议。

（1985年4月）

屠苏

最近，粉末酒一度成为了话题焦点，还作为题材被画进了漫画中。客人带着粉末酒去饭店，只需要点一杯热水冲一下，就达到了自带酒水一样的效果，让店家很是头疼。看了那个漫画，我的脑海中浮现出葛洪（283—364）所著的《抱朴子》中的一个片段：

> 郑君（葛洪的师傅郑隐）要做酒时，将附子和甘草放入酒中，使其干燥成鸡蛋大小的药丸，然后再倒入一斗水，即刻便做能成美酒。

这若是事实的话，早在公元3世纪的中国，“固态酒”就已经存在了。只不过附子和甘草的用量以及其干燥方法我们不得而知。而且附子等药材具有毒性，稍有失误可能就会产生危险。

在原文中，附子和甘草在酒里展现了“屠”的形式。大概就是通过将捣至细碎的药材与酒搅拌混合，然后将其加热之类的形式，使药材无法保留其原有的形态。

“屠”字一旦跟酒产生关联，就很难让人不联想到“屠苏”一词。而且“屠苏酒”最早似乎就是在葛洪的文献上出现的。

> 屠苏酒，是华佗（公元3世纪初的名医）的药方。而又被魏武帝曹操收录，由其推广至世间。元旦进饮，可驱邪避瘴。

自古流传下来的说法中，“屠苏”是一间草庵的名称，前人居住于草庵并制作了这种药剂。“屠苏”，原本也指“平房”的意思。或许并不是什么草庵的名称，只是因为姓名不详的制药者住在平房之中制成的此药，因此才得名“屠苏”的吧。但也有一种说法，可能是“苏”这种药材也被捣碎至酒中，因此得名。这里的“苏”可能指的是紫苏叶，中国的南方地区一般称草类为“苏”。

公元6世纪，一个名为宗懔的人撰写的《荆楚岁时记》

中曾记载，屠苏酒是元旦时饮用的酒品，在平安时代初期、弘仁二年（811）传入日本。屠苏酒最初仅在宫中饮用，后广泛流传于民间。

在日本，元旦饮屠苏酒的习俗一直延续至今，而在中国，这种习俗却不知何时渐渐消失了。若是能仔细品读相关文献的话，想必能够大概了解到这个习俗是从什么时候衰落下去的。无论如何，在19世纪末的《燕京岁时记》中，虽记载了元旦吃饺子，但却没有提到喝屠苏酒的事情。李家瑞在1936年的《北平风俗类征》中写道，正月里有喝椒柏酒的，但它是区别于屠苏酒的。

不仅仅是屠苏酒，像正仓院的皇室珍藏品、茶道、花道等，这些明明是从中国传至日本的东西，在中国已经几乎不复存在，而在日本却多有保留。明治时期，留日学生偶尔遇到这种情况，会感到特别惊讶。比如，在《后汉书》里面出现了“举案齐眉”。“案”表示“托盘”之义。“举案齐眉”是指妻子送饭时把盛有饭菜的托盘举得跟眉毛一样高，通过这一行为来形容妻子对丈夫的敬爱之情。中国的妻子们很久以前就不“举案齐眉”了，在中国，这类词汇仅仅是一个形容词而已。可是明治时期来日本的留学生看到旅店接待人员“举案齐眉”地将食物端上来，却吃了一惊，回国之后就告诉自己的朋友说："日本人居然像中国的语言所描述的那样生活着……"

激烈的战争，尤其是无法互相尊重对方的文化而产生的不同民族间的诸多战争是导致中国很多文化消逝的原因之一吧，而这些文化在日本得以存留的原因恰好与中国相反。当然这也仅仅是导致这一结果的一部分原因而已，还有很多其他因素需要考虑进去。

明治时期以来，日本长达一个多世纪的近代化成就并不是以"去旧革新"为基础，而是以"保留传统"为基础展开的。明治初期爆发的废佛毁释运动我认为也是在上述基础上开展的。这不外乎是一种一边为自己营造着避风港一边前进的方式。一旦出现意外情况，就可以随时躲进避风港中，难道不是正因如此他们前进的步伐才显得尤为果敢吗？

能否用得上避风港谁都不得而知，但只要它存在着就好。屠苏也在明治时期以纸袋包装的形式被制成简便的"屠苏散"，虽说乏善可陈，但起码得以保留并流传了下来。

（1982年1月）

会议

这世上总是有那种像是为开会而生的人。无论何时给他们打电话都会听到“开会中”，实在令人难以置信。不管是在哪个组织机构中，地位越高的人出席会议的次数就会越多。那些从早到晚都穿梭于会场的人，必然有着很高的地位。

实际上我是一个不太善于参加会议的人，对于参会能避则避。所以我对于那些“热衷参会者”或许是怀抱着一种格外敬畏的情感，从心里认为他们真的很令人钦佩。

总有那种仿佛永远也开不完的会议，在耗光体力之后我就会产生一种“随意吧”的心情。实际上我听说过这样一个故事，它讲述了一个优秀争辩者的作战策略，即通过冗长会议一般的持久战方式使得其论敌最终放弃的故事。

相传两个佛教僧人有一场持续了20年的争辩。虽说是传说，但因为它发生在19世纪末20世纪初的越南，所以也并没有那么久远。他们争辩的主题是关于给予穷人施舍的问题。

其中一人说：“你施惠于贫穷者，但或许他们拿了你的钱去买凶器杀害别人。”

他的论敌反击道：“你若是不施惠于贫穷之人，他们或许会潦倒至死。”

就这样他们的争辩持续了20年。据说如果他们的论敌去世了，活着的那个人就会在对方的墓碑前立下自己的墓碑然后刻上自己的主张，让自己的对手即使去世了也仍旧能跟自己展开争辩。

我绝对不认为这是一件很愚蠢的事情。因为关于给予穷人施舍的问题，即使过了20年也没有被解决。但是，这两位僧人的争辩却并不是没有一点成果的。两个人都为了稳固自己的主张，考虑了众多因素。两个人也都为了守住自己的主题，从主题以外的方向展开过辩论。

虽然争辩最大的主题悬而未决，但衍生出的不少小问题却作为这场争辩的副产物被一个个地解决了。可见，无论是什么样的争辩，总好过缄口不言。

即使是讨厌开会且从事的职业也不需要开太多会的我，偶尔也必须参加会议。在自己觉得“开会真烦人”的时候，我便会这样说服自己："就算这个会议看起来没什么用，在跟同伴们的交谈之中应该也会萌生出一些有价值的东西吧。"

（1979年6月）

女性迈入社会的兴衰起伏

能够看到女性迈入各种各样的领域工作并且能够稳定下来，我感到无比高兴。最近我去了中国西部边境旅行，得知在喀什市有一半公交车司机是女性时，我深受打动。如果仅从女公交司机这件事看的话，可以说中国的边境在这方面已经领先于日本了。

时至今日，女性在职场上还一直受到限制。令人意外的是，女性平时所做的烹饪和缝纫这些日常工作，一旦上升到职业的水平，几乎都会变成男性的工作。所有出名的厨师和有名的裁缝无一不是男性，这一事实引发人们的深思。

曾几何时因为需要，我查阅过近代沿海地区的一些资料，尤其是中国海盗的相关资料。让我出乎意料的是，从事海盗行业的女性惊人得多。

20世纪20年代到30年代活跃在中国南方沿海地区的海盗

中，有个叫“赖翠山”的女头目，她手里掌握着12艘武装帆船，这件事经记者A. E. 莉莉娅丝的采访后闻名于世。但是，海盗的女头目不仅仅只有赖翠山一个人。据说在第二次世界大战时期的近海地区，海盗的女头目非常活跃。

远古时期，男人和女人一同工作，那是一个为了生存必须一同劳作的时代。工具和食物储存法的发展给生活带来了仅有的一点宽裕，恰恰是这种宽裕在男女之间萌生出了一个细小的裂缝，而这种裂缝转眼之间就不断地扩大。封建的等级社会中制造出劳动分担等一系列的借口，从而更加拓宽了男女之间的裂缝和鸿沟。从那之后女性便只能被迫专心于家务了。

不知道从何时起，女性乘船被认为是不吉利的事情，因此人们也尽量避免让女性上船。但是在古时候，似乎并没有这样的偏见。《古世纪》中记载着日本武尊在妃子弟橘姬的陪伴下出海远征的故事。但据说那个时候因为海神作祟，致使海浪翻天汹涌，于是弟橘姬就纵身跳入海中平息了波涛。我想女性不能乘船一说大抵是由这则传说演化而来的吧。

无论如何，就像现如今女性能进军到每个职业一样，我无法忘却海边的女性不断拼搏，长时间守护着职业女性孤垒的功绩。在男人外出捕鱼期间，女人只做家务却是不行的。

她们会潜入海中采得鱼卵和海藻，因为她们必须去找些贴补家用的东西。自己所在的地区出现了问题时，她们一起开会并阐述自己的意见、表明自己的态度。在召开会议的时候，即使在外捕鱼的男人们碰巧回来了，她们也会说“男人们很长时间以来都在外出海，所以他们对这个社会并不了解”。

为了工作要像海女一样去潜水是非常危险的，所以海边的女性对海潮和气候很敏感，彼此之间有着紧密的联系，因而构成了一个仿佛命运共同体一般的社会。比如一些被称为“片舟”“同仁”等的一系列小团体。因为性命攸关，所以作为集体中的一员，她们有着很高的觉悟。即便她们自己没有意识到，但这不是已然展现出女性早已站在了当时社会的最前端吗？

不仅仅是在日本，这种情况可能在全世界都是一样的。由此说来，我便理解了以前在中国沿海地区的海盗首领中时而有女性出现这件事。

中国自古以来有着“女性当家”的风尚，如果只看正史的话可能会了解不到这一现象。民间流传着很多类似的笑话，如东汉的《笑林》，明朝的《笑赞》《笑府》等，这些都是笑话集，而且其中怕老婆的笑话更是数不胜数。比如《笑赞》中有这样一个笑话——有一个怕老婆的人，被老婆殴打逃到了床底下。他老婆说道："快给我出来！"但他躲在床下说道："我好男儿一言既出驷马难追，我说过不出去，就绝对不出去！"

我曾经想做一张中国女性当家的分布图，但一直没有实现。这不是因为我害怕我妻子，而是因为调查起来实在困难。但是我总觉得"女性当家"的氛围在沿海地区似乎更浓厚一些。

听到一个笑话，我们只需捧腹大笑即可，但想要解释这其中笑点的话，或许就得多加注意了吧。

我们不能说具有社会意识的女性在面对弱势的丈夫时就会变得专横，而应该理解为，不论多么柔弱的女人，若是拥有自信，都不会允许男性对自己有任何的霸道行径。

职业使人萌生自我意识，自我意识使人要求进步，而进步令人不容许霸道。畏惧女性踏入职场的，说到底应该是那些蛮横的男人吧。

（1978年2月）

天知地知

在我们所居住的地球周围，盘旋着几颗人造卫星。人造卫星在通信和气象观测等领域里大有作为，因而提起这类卫星时人们总是充满了感激之情。但是，一提到侦查用的人造卫星，也就是人们所说的间谍卫星，人们就会觉得大为反感。

间谍卫星的目的在于捕捉军事设施、军队、船队的动向。它们如果不搜罗相关动向的话，就不能捕捉到目标。间谍卫星从宇宙不停地拍照，但被拍摄的东西应该不仅仅限于军事方面。自不用说，除了目标物以外，很多其他事物的照片也都会被拍摄下来。有传闻说，就连普通的搬家之类的活动都会被拍摄得清清楚楚。

今后，世界上颇具影响力的政治家们的动态也会被人造卫星详细地追查了吧。不，或许这种追查已经在进行当中了。那么对于他们来说，毫无隐私可言这件事实在令人可怜。即使在地下室里进行私密谈话，也只是在做无用的抵抗。获得第一届诺贝尔物理学奖的伦琴博士在上个世纪发明了X光线，人类自此能够通过X光窥见自身的构造。科学的发展进入20世纪再至21世纪，别说是混凝土和铁了，即使是被守卫的再森严的东西，人们也能轻而易举地找到透视其内部的方法。说不定通过透视观察宇宙中某个人物的身体，做出他的体检报告也不是不可能的。某国首相很长时间未在正式场合露面，这到底是因为下台还是因为重病无法出席？像这一类的猜测现如今应该已经落伍了。

人们常说公众人物无个人隐私可言。而他们也是在明白了这一点之后，才选择了成为政治家、成为明星。但是，我们真的可以因为他们与我们老百姓无关，就能安心生活了吗？就像在军事侦察时，甚至连普通的搬家也会被拍摄到一样，为了追踪总统、首相、将军的动向，我们这些平民的隐私恐怕也会受到牵连。不禁想到，若是连卧室和卫生间都被监视的话，不论是谁都会深感绝望吧。

近期，中国废止了曾经一贯要求机场内禁止拍照的规定，允许游客在机场各处自由拍照留念。然而在印度的机场里面，拍照仍旧是被禁止的，即使是在当地小地方的机场，也有军人持枪警备。

“反正无论如何都会被卫星拍摄下来，这种愚蠢的规矩早晚会被取消的。”在机场的候机室里，一位印度的学者苦笑着说道。可能距离印度取消机场拍照禁令的日子也不远了吧。看来世界上的人们面对来自高空中的侦查眼，都放弃了抵抗。

人类就这样毫无保留地暴露着自己的一切，存活于这个地球之上。仿佛赤身裸体地站在毫无遮蔽之处一般，无所遁形，任何事情都无法隐瞒。在过去，天上的神注视着地上的人，而今后观测人们的将是人造卫星。

不久的将来，人造卫星也会和现在日本的SL监视系统一样成为上个世纪的纪念物吧。今后想必会出现一种得以隐介藏形、不会被人类任何器官所察觉到的东西，去代替它们继续监控着我们。

在过去，父母们总是会教育孩子“即使把犯过的错掩藏起来，神也都会看到哟”，当孩子们反问“神在哪里”的时候，父母们就会稍加思索后回答：“在天上。”今后，人造卫星或许就会扮演“神”的角色了吧。当人造卫星变成了古物，成为了历史时，又会是怎样一个光景呢？到那个时候，这些无形的科学精粹不见得只会从天上监视我们，反而从地下放射出的某些物质可能会监视着我们吧。

东汉时，有人向杨震行贿，并告诉他不会有人知道的。据说这时，杨震以“天知，地知，我知，子知”拒绝了对方。当时的人们或许还会质疑天和地是否真的知道这些事，但是今后的天与地却将会被科学地筹划，也将清楚地知晓地球上的居民们所发生的一切。那么，我们应该如何应对呢?

凡人总是会用一种惯性思维去思考关于未来的事情，并且浅薄地认为，正月的到来有着一种向未来踏出一步的感觉。然而，这些没有形态的科学精华在未来又会被怎样命名呢？我认为有人会主张称其为“科学”，而一些怀旧的人或许会主张将其命名为“神”吧。

（1980年1月）

我的宰相论

存在与否，我们不得而知。——这就是作为宰相最理想的样子。

一般人都对英明宰相的出现抱有强烈的期待，但当人们的这种想法十分强烈时，也说明了当时并非好时代。

过去的名相克服了艰难险阻，全权处理各种政治问题，因而才得以名垂青史。这样想来，正因为这些难题的存在才使得他们的才华得以发挥。若是让同一个人处于一个较为安稳和平的年代，即使他拥有同样的地位，但由于能够让他发挥才能的机会较少，因此很难称其为名宰相吧。这样的人就成为了“存在与否，不得而知”的人，无法在历史中留下辉煌的名声。但是，出生于这样安稳和平年代里的百姓却是幸福的。政治是为百姓谋幸福的，因此真正理想的宰相并不是世人所说的有名望的宰相，而必然是“湮没无闻于和平年代做宰相的人”。诚然，以前的大平首相应该成为政治家们的楷模，他曾说过：“最理想的状态是仅提供给国民些许的帮助就能解决问题。”虽说这只不过是大平首相的理想论而已，但若是一丁点儿理想论都没有的人，根本就没有资格担任宰相一职。

设想在那个问题如山、困难重重的20世纪80年代，那应该是人们最渴求名宰相能够出现的年代了吧。

因为政务问题实在是太过繁重，所以80年代的宰相们最重要的工作就是判定这些政务问题的紧急程度。为此，他们必须有着丰富的知识并且能够保持情绪上的稳定平衡。被认为是怪才、奇人的那类人对于事物的评价有所偏颇，而过分张扬的人更容易有精神崩溃的风险。美国军队有很严苛的文官控制制度，这是因为考虑到军人们都从事专职，而文官们的知识相比起来更加丰富的缘故。中国自古以来也是如此，重大战役的指挥官必定会由文官担任。这是因为在判断战况时，拥有丰富知识储备的人往往是众望所归，因而设立了这样的制度。

能源问题是80年代首当其冲的问题，想要制定其对策，不仅要了解当前的现状，也必须了解例如西亚历史和伊斯兰教的一些基础知识。对于宰相的要求，有时的确已经超过了人力之所及。

今年4月份，我走访了福建省泉州市。泉州市是我的籍贯地，它作为一个古老的对外贸易港，吸引了很多从阿拉伯等地来这里的商人落户于此。明末李卓吾（1527—1602）出生于泉州，他主张的宰相论即倡导要成为跟从本心而追求内心从容的人。李卓吾之所以拥有第一宰相之资格，是因为他提出了“因时”的思想。“因时”就是指看透时代走向的能力，也就是说拥有做出正确判断的能力。

李卓吾之后又提出“结主”（与君主相连结）的思想——臣子与君主之间应建立和谐的关系。楚国的大臣屈原有着正确的判断力，他建议联齐抗秦，但是楚王并没有采纳他的建议。结果屈原被放逐，并自尽于汨罗江，而楚国最终也被秦国所吞并。屈原虽有做出正确判断的能力，但却没能活下来，是因为他没有“结主”的意识。佞臣阿谀奉承于君主，无法建忠言、献良策，屈原便赋诗以咏志。正因佞臣当道于君主左右散布无良建议，致使屈原的想法无法被君主接纳。

在倡导主权在民的当代，“结主”就是与国民之间关系融洽。不能将舆论片面地断定为俗论，有必要尽力创造与国民对话的机会，并努力去说服他们接纳自己。屈原没有做到

“结主”的原因，在于他的内心不够从容。在他的诗中虽能体会到他激烈的心情，却无法看出他的从容。

汉朝的公孙弘虽被辕固说成是“曲学阿世”之人，但他与皇帝之间的关系十分融洽，所以能将自己的观点反映于朝政之上。为了能与君主搞好关系，他也可能会阿谀奉承、讨好君主。然而辕固却是无法做到这些的人。虽然我们无法得知辕固正确判断事物的能力有多高，但他的能力却无法展现于政治上，更不能为人民谋求幸福。辕固虽被后世所称赞，但是作为一个政治家他却没有任何功绩。

因此，不管历史将如何书写80年代的宰相，我们都不应太过当真。

（1980年7月）

政治为伦理之“技术”

理想不可能与现实完全相符。而能够做到将这永不相符的两者尽可能相贴近的，在我看来就是政治。未能被完成的理想清楚而明晰，而属于政治的宿命就是那些未完成的部分吧。

或者可以说，政治就是伦理所需要的一种手段，是一种用以解决现实问题的手段，而伦理就作为与理想相关联的部分将其展现出来。

享有“东亚圣经”之名的《论语》中有“政者正也”一词，却也收录了否认“政”作用的文章。

“道之以政，齐之以刑，民免而无耻”。以政令来教导，以刑罚来统治管束的话，百姓们便一心想着怎样去钻法律的空子，失了心智而不知羞耻为何物。显然，这里的“政”明显指的是法制禁令之类的手段。而与这段话相对应的是下面这一段：

> “道之以德，齐之也礼，有耻且格”。以“德”代“政”，以“礼”替“刑”。

这段话来源于《论语·为政第二》，前半部分与手段即与现实密切相关，后半部分与伦理即与理想紧密联系，整段话歌颂了以后者至上的儒家理想主义。

《三国志》作为记载历史的书籍，不仅在中国流传，在日本也广为传阅。其中刘备入川的部分着实是书中的一大亮点。当时刘璋拥有巴蜀的统治权，但最后却被刘备强行夺取了。自不用说，夺取他人领土必然是不义的行为。但刘备和诸葛孔明却平息了接连不断的动乱，燃起了给百姓带来和平与幸福的理想，并为此定下了三分天下之策，设立了他们的根据地。

如果在这次强攻霸取的行动中刘备将巴蜀之地原来的统治者刘璋杀害了的话，无论他树立了多么崇高的理想，我们这些读者应该也不会原谅他吧。而刘璋在刘备占据其领地之后仅仅是被迫迁至别处，财产和身份都得以保留，终其天年。因而《三国志》的读者们也在千百年以来逐渐接受了刘备的行为。

若是刘备等人为一己私利强夺巴蜀，无论最后刘璋是如何终其天年，我们或许也都不会容许刘备的这一行为吧。

我们会随着所处的时代背景下理性常识的不同，自然而然地划分出对于事物所能容许的限度。而所谓政治的伦理不正是为了能够不逾越这条底线所做出的努力吗？

理想是切实存在着的，但若是一味好高骛远的话，对于现实生活中的一些政治手段，我们就会选择佯装不知。人尽皆知，注定不会有完全实现的政治，而那些谋权的灰色手段虽令人心生厌恶，却也是始终避免不了的产物。

理想的最高形态无非是拥有极高的伦理逻辑性。政治家们若是想要尽情自由地施展他们的政治才华，就需要不断提高自己的伦理逻辑能力。如此，我们才能容许和接受他们的一些行为。

若是对政治家们的容许限度不断扩大的话，或许就会发生被他们徒有其表的高远理想所欺骗的情况吧。要看穿这些计谋，需要我们明智地做出判断。国民越是明智，衡量伦理的标准和尺度就越是精准。

一个国家的政治水准是无法超越它的国民水准的。国民越是贤明智慧，政治便会随之不断发展。

而想让国民更加贤明，就必须掌握更多的提高判断能力的资料。尤其是就伦理这一部分而言，归根结底言论自由才是其根本。

“民信之矣。”《论语》中的这句话向我们提出了实现政治需具备的最大条件。朱子学中以“吾之信可以孚于民”对这个条件做出了一定解释，而荻生祖徕的“让国民心悦诚服于政治家”则更加具有说服力。总之，缺乏逻辑和伦理的政治家是无法令国民信服的。

（1989年5月）

农历的作用

因为人们逐渐不用农历的缘故，现在都很少能见到带有春节的日历和手账了。现在我的手头上有十几本日记、手账，但是标注着2月20日是春节的只有历史手账（吉川弘文馆）、文化笔记本（潮出版社）和读卖手账，中国把农历正月初一叫做“春节”，是个节假日。住在东南亚的大多数中国人，也保留着春节放假的习惯。

我总是把我最爱用的文艺手帖（文艺春秋）放在口袋里，这个本子上就没有春节，但是却标明了圣诞节。每本手账上应该都标注了圣诞节吧。圣诞节不一定只有外国才会庆祝，日本的某些地区也仍举办一些庆祝春节的仪式，然而却只有圣诞节被标明在册，春节却没有，这难道不是很不公平吗？

虽然手账上没标明春节，但是每本手账都标明了冬至和立春等二十四节气。在二十四节气中，春分和秋分这两天也是日本的“法定节假日”。

农历主要是根据月亮盈亏而制定的历法。但是仅以月亮为判断标准的话，阳历年将会有10～11天的延迟。若是这样经过三年，就会产生一个月的误差，因此不得不设置一个闰月。伊斯兰日历算法不采用阳历年，他们认为一年有354天，按照正常的月份每一年有354.3671日，所以每30年会有11个闰日。

另外，伊斯兰教的风俗中有断食的月份，而这些月份总是发生在夏季或冬季中，但这其实和季节没什么关系。

与阳历相对，也有人把农历叫做“阴历”，然而这种说法并不正确。设置闰月是为了符合阳历年，二十四节气的算法也是由黄道（太阳一年运行的圆形路线）进行二十四等分而成的。因为不仅考虑了月亮的盈亏，还考虑了太阳的运行，同时兼顾了阴阳两方面的缘故，故正确的叫法应为“阴阳历”。大部分的词典中都称阴历为“农历”，这有些欠妥当吧。因为“阴历”如同伊斯兰教历一样，是指只考虑月亮不考虑太阳的历法。只考虑太阳而不考虑月亮的历法被称为“阳历”。

有些人反对抹杀度量衡，我虽然不主张复兴“农历”，但我衷心希望农历的名誉能够得以恢复。我们人类生存在白天有太阳、夜晚有月亮的世界里。太阳是地球的父母，而月亮则是地球的孩子，我们难道不应给予这两者同样的尊重吗？给地球带来最大引力的是太阳和月亮，正因有这两个天体的引力，才会发生潮起潮落的现象。我们其实是与太阳和月亮一同呼吸着的。

因为西历（格列高利历）忽视了月亮的因素，所以会导致人们不知道什么时候才是满月，而农历几乎每30天就设置一个满月的日子。而且根据月亮盈亏的历法而产生的季节偏差，会依照由太阳运行而计算出来的二十四节气进行调整。

二十四节气虽然属于农历，但每年都与西历的日期一样。即使根据闰的不同也不过相差一天。所以即使是在西历时代，春分和秋分也能成为法定假日。所以说，包含阴阳两种因素的“农历”可以说保持着极好的平衡感。据甲骨文研究显示，早在3000多年的殷代，百姓中就已经有了冬至和夏至的说法。而二十四节气的应运而生，则是在春秋时期（公元前5世纪）。

“黄道吉日”直到现在还被使用，可以说是因农历而产生的一个词汇。黄道自不必说，是指太阳运行一年的圆形路线，整个词的意思不外乎是“一年中最好的日子”。农历以太阳和月亮为基础，若是对字典上“阴历”的解释有所疑问的话，看到这个成语便能理解了吧。

二十四节气之一的立春是在2月4日，之前的那天被称作节分。立春原本是一年的开始，在日本还保留着立春前一夜撒豆子以去除厄运的习俗。另外还有着从立春开始数88夜和210日之类的说法，这两天在西历上被固定为5月2日和9月1日。

今年的春节是在立春之后到来的，所以今年的年初是没有春天的。在香港那边有着这样的迷信，年初没有春天的年份不适合结婚。

去年年末，我与陈美龄小姐见面时，她开玩笑地说道：“本来打算明年结婚，但是明年没有春天，所以没法结婚啊。”因为迷信给人们带来的这类想法固然令人唏嘘，但这并不是农历的罪过。

农历的存在虽然很好地平衡了阴阳的关系，但也有其力所不能及的地方，比如会出现有一些年份没有立春，又或者是在闰年有两次立春等一系列不得已的情况。

西历在世界范围内被广泛应用，它的便利性是不言而喻的。但是我们又该如何看待这种为了便利和合理性而抹杀其他一切因素的历法呢？我希望，至少在日历和手账上能够出现春节的标识。

（1985年2月）

“平成”杂感

得知新年号被选定为“平成”时，我心想，这个年号着实太过于保守低调了，而当我看到新年号被公布出自于《尚书·大禹谟》和《史记·五帝本纪》的时候，更是条件反射般地预感道，一定会出现一些学者对此产生异议的声音。

这是因为，《尚书》共58篇，其中25篇被判定为伪作，而《大禹谟》便是这其中的一篇。《尚书》本是周朝的史官对君王言论的记载，但秦始皇的焚书使其几乎被焚毁殆尽，直到汉代初期才经由秦朝博士复原了其中的33篇，这些史料均没有什么问题。年号昭和便出自于这33篇中尧典的“百姓昭明，协和万邦”。

然而后来，有人声称在孔子子孙之宅中又发现了被涂写在墙壁上的25篇尚书，但却疑点重重。南宋哲学家朱熹（1130—1200）凭直觉怀疑此书为伪作，而这种怀疑直到清代考证学先驱阎若璩（1636—1704）考证研究之后才得以证明。据阎若璩的考证来看，后来发现的25篇据说是在公元3世纪时人们将散失的资料整合起来为复原《书经》而书写的作品，所以这些全部都被定论为伪作。《尚书·大禹谟》中有一句“地平天成”（地上水土平稳，天上得以有成），实际上在《春秋左氏传·文公十八年》中也记载着同样的话。这句话据说是尧提及服从于自己的舜的功绩的事情。《春秋》是由孔子（公元前551—公元前479）编辑收录的史书，左丘明对此进行注解编撰而著成了《左氏传》。左丘明生卒年不详，但与孔子是同一时期的人。

后世的“伪作者”（说得好听一些应该是“竭力还原古典作品的工作者”）就是这样把它当成舜的话语，收录了《春秋左氏传》的这个句子吧。而这段历史的主人公自然也是舜本人。

新年号公布的时候，《史记·五帝本纪》似乎也被视为了年号的出典处——内平外成（境内和平安定，境外得以有成），这也是引用了《春秋左氏传》的内容。

我们完全可以以《春秋左氏传·文公十八年》中下一段所记载的内容作为年号“平成”的出典之处。

舜臣尧，举八恺（高阳氏的八个才子），使主后土，以揆百事，莫不时序，地平天成。举八元（高辛氏的八个才子），使布五教于四方，父义、母慈、兄友、弟共、子孝，内平外成……

与《春秋左氏传》相比，《史记》晚了400年，而伪作《尚书·大禹谟》就更是在《史记》出现的400年以后才问世的。

我是主张使用西历，但一想到这世上唯一的年号日后也不免会被废止，我就倍感惋惜。就好像俳句家区别使用创作俳句时用的署名和日常生活中用的本名一样，根据不同的场合灵活地使用西历和日本年号是一件多么好的事情啊。虽说年号可以反映出一个时代的主流氛围，但它也仅仅在一些特殊年代才显得十分突出。尤为令人瞩目的年号，如保元、弘安、应仁、文禄等，都属于战争时代。元禄因风气的逐渐衰败而引人注目，我也并不希望平成变成那样的时代。

综上种种，才有了我在本文开头的那段话，“平成”这个年号太过保守低调了。汉语中区分平仄声调，“平”是指平直的音，“仄”是指带有抑扬的音。平和成两字都属于平声字，这一点与“昭”“和”二字相同，但即使是平声字，也与“昭”“和”二字不属于一组音韵，平声中有30韵，“平”“成”二字是属于同一组韵（庚韵）的汉字。二者既无抑扬顿挫又无声调起伏，更没有什么变化之处了，犹如毫无波澜、平静如镜的海面一般，在由这样的平成二字象征着的世界里，或许仍旧有人在为温饱而发愁，但我们仍旧对这个时代寄予希望，愿子孙后代们都能平安顺遂、祥和稳定地生活。

（1989年1月）

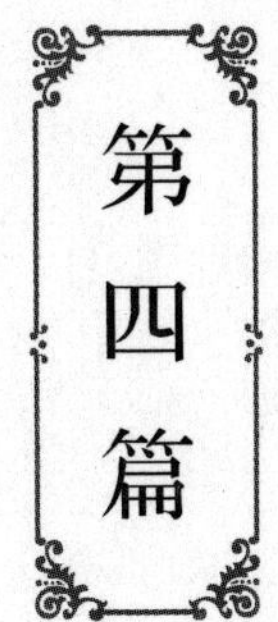

第四篇

《中国风土与文明》日文版出版寄语

“观光”一词，现今专门用来形容“欣赏和领略土地的秀美风光”，从语源来看，它是出自《易经》里的“观国之光，利用宾于王”。

如果是光辉闪耀、德行兼备的国家，自然有人想去那里任职。在一个什么都依靠易经占卜的时代，如果出现了这种卦象，就说明这个国家“可仕官从政”。

所谓“国之光”，与其说是景色，不如说是指德行方面。但如今形容自然景观之意愈发强烈。那么，体察某个国家的风俗、习惯、人情时，就不应该使用“景观”一词，而应该用其他的词来表达。相对于“观光”一词，人们更倾向于“观风”这个说法。

在封建王朝时代，高级官僚不能在自己的家乡担任长官。大概是因为他们在当地人脉甚广，和家人、亲戚亦或是祖祖辈辈相交甚笃的友人、老乡等的关系盘根错节吧。总之，原则上地方长官会被派遣到陌生的地方就任。赴任初期，他们通常会在当地举办“观风试”的小测试，来了解当地的民心向背、民众的思考方式和愿望等等。用现在的话说，这是一种地方长官为深入了解民众需求所做出的举措。

所谓“观风试”，就是召集当地准备科举考试的书生，让他们就某一话题写一篇论文。据说十九世纪中叶，林则徐作为钦差大臣被派遣到广州取缔鸦片贸易时，一上任就举办了关于鸦片问题的“观风试”。考生除了需论述取缔鸦片贸易的方法，还要写出广州当地贩卖鸦片的商人的住址、姓名以及自身对于鸦片交易的了解等。最后还特别指出，这一部分可以匿名作答。

像这种笔试，从某种程度上说也是“观风”的一种补充。但最重要的自然还是真正踏上那片土地，直接和当地的居民交流接触。

不论喜欢还是嫌恶，只要地球上的人以国家为单位生存着，日本和中国就必须一直以邻国的身份相处。而互相理解自然是两国交往的前提，“观光”和“观风”又是加强相互理解不可或缺的手段。

如今我们通过研究关于对方国家的历史、地理的书籍，阅读翻译文学作品等方式来增进了解。可以说与中国古代被派遣的地方长官所举行的“观风试”类似——都是依靠文字的力量加深了解。

但是如今，照片这种在“观风试”的时代似乎难以想象的新事物华丽登场。

虽说体察风土人情最好的方法还是去实地考察，但现实中却很难实现。比如，为了概览中国而去环游旅行就十分困难。为了了解中国历史，我也考虑过去当地采风，但由于中国幅员辽阔，对于只能利用工作空隙时间去旅游的我来说，实在没有充裕的时间，所以这一想法还在计划阶段就被迫放弃了。

我能做的就是多去一些重要的地方采风。有时候去山东至洛阳一带，有时去四川，亦或是去长江下游的江南地带，湖北、湖南，或是广东和福建这些中国南部省份……只能通过去这些特色地区采访，一点一点地在脑海中构建出整个中国的轮廓。

中国幅员辽阔、地大物博，东西南北、沿海与内陆之间差距甚大。因此，以部分地区来推测整个中国的情况，与其说有难度，不如说有些轻率。

当我思考有关中国的事情时，总感觉面前好像立着一堵墙，让人看不透彻。如果能给我一把梯凳，让视线越过挡在面前的墙壁，也许我就可以隐隐窥见轮廓，从而对整体有所把握。但正是因为没有这样的机会，我才有些焦虑不安。

而面前这本精致的写真集，仿佛天赐的一把梯凳，略微抚平了我心中的焦躁。

我翻阅着这本书，渐渐地忘记了时间的流淌。这里面既有我见识过的风景，也有我还未曾踏足过的土地。对于未曾踏足的土地，其中既有通过文字和语言了解过的，又有充满未知全然陌生的。

我虽然去中国旅行多次，但还是不敢说自己走遍了全中国。就算文字、词汇能多多少少起到补充作用，但我脑海中的中国全像仍然色彩浓淡不均，有的鲜明，有的模糊。这本照片集锦恰到好处地完善了我对中国的认知。翻看着它，我的焦躁感渐渐消失，想要实际感受的事物其轮廓也在脑海中愈发鲜明，心情也放松了起来。也许正是因为沉浸在这样的世界里，我才渐渐忘记了时间的流逝。

近代以来，摄影技术的发展日新月异，不论在日本还是在中国，亦或是从世界范围看，拥有卓越艺术天分的人在此领域开始崭露头角。感觉在未来的中国，这一领域的逐渐壮大也可能会带来一些问题吧。照相的进步不仅仅停留在摄影、器材、印刷等技术层面，更拉近了心灵之间的距离。能够感受到与拍摄对象心灵相通、血脉相连的情感，才是真正的现代照片。

翻看这本书，在领略祖国山河的秀丽风光和文化遗产的深刻魅力大饱眼福的同时，其中所蕴含的生活的真实感也拨动了我们的心弦。这是只有在现代社会的孕育下才能产生的照相技术。本书的一大特征就是在书页留白处插入大量照片，比起追求细节，更注重总览全貌。

有时，积累了再多的细节 ，也无法看清事物的全貌。比起用显微镜放大所有细枝末节，能够大致把握整体显得更为重要。

我在这本书的日文版出版之前就把英文版拿到手了。最近在写与中国相关的事情之前，我还一边用磁带听着京剧名角的经典片段，一边翻看了这本书。书中的一张张照片，将我带入了一个写我所想的回忆世界里。

不知不觉中，我已然将自己的心声流露出来。这可能也是因为我想向大家介绍这本书究竟多么贴切地描写了中国大概的轮廓与氛围。

万里长城的照片让我想到了彪悍勇武的匈奴军队疾驰漠北草原的英姿；南京中山陵让我想到的是一代先驱孙文和

在他领导下爆发的轰轰烈烈的辛亥革命；杭州六和塔的照片与在《水浒传》中坐化六和塔、爽快直率的花和尚鲁智深的形象相重合；一看见福建武夷山九曲溪的照片，仿佛就能享受到舌尖上乌龙茶的浓郁香气；黄山的松里，让我脑海中浮现出凭借画笔尽逍遥的历代画家；四川岷江，映射着《三国志》里一代风流人物逐鹿群雄的壮志豪情……从敦煌莫高窟到遥远的西域，亦或者是神圣壮美的青藏高原，梦想之花遍地盛开。

这本书于我来说宛如珍宝，我时常把它放在身旁。

此书是由中国上海人民美术出版社和日方联合出版的。这本书的出版让我不仅获得了书本本身的知识，也收获了许多有形无形的物质和精神。和我一起从事同样工作的人们，即使彼此之间语言不通，但通过工作也能互相深入理解——因为这些照片，所以有了一起沟通交流的机会。因为我有跟“丝绸之路”的日中采访小组一路同行的经历，所以当我拿到这本书时，仿佛透过这些照片，就能看到当时各种各样的场景。

这本书对于准备去中国旅游的人来说可谓是必备物品；对于曾游览过中国风光的人们来说是本回忆录；对于还没找到机会游览中国的人来说，也是一本可以带领大家在脑海中欣赏中国壮阔景观的好书吧。

即使不涉及到旅游，对一些想了解“邻居中国”情况的人来说，本书也应该会有所帮助。

最后容我再啰唆一句，本书可谓为想要了解中国的人提供了一把又高又稳的“梯凳”。总之，希望读者能踩上这个“梯凳”，尽情地眺望中国。

（1981年7月）

陆文夫《美食家》日文版出版寄语

这是一个关于生活在动荡时代的普通人的故事。在时代背景下，人物的形象精彩地显露出来，通过反射巧妙的人物形象，小说背景又再次更加深刻地展现在读者面前。杰出小说中这种共通的“相辅相成的效果”，在《美食家》这篇小说中尤为突出。

去年 3月31日，中国作家协会副主席冯牧先生来京都时，我和谦臣一起前去酒店拜访，并提出了《美食家》的翻译计划。其作者陆文夫先生也担任中国作家协会的副主席，与冯牧先生关系甚好。冯牧先生说：“在苏州，没有人不知道陆文夫先生。”也就是说，陆文夫先生的名气传遍了苏州的大街小巷。

读小说的一大乐趣在于能与书中的世界产生亲近感。作者的附言里有这样一句话：“本文是小说，纯属虚构。不得已而借用苏州风物，此亦文学之惯技，务请读者诸君不必一一查对。”虽说读者也不会真的一一查对，却可以尽情享受亲近之感。

苏州因为《苏州夜曲》和寒山寺等，被日本人所熟知。正如本书的作者所说，两三百年间苏州没有发生大规模的战争，这是因为它不是政治中心。因为没有硝烟和战争，苏州和杭州并称“人间天堂”，因而把此地作为《美食家》的大舞台是再合适不过了。

苏州虽不是政治中心，但其经济十分繁盛，在很长一段时间里经济发展程度在中国都处于领先水平。苏州交通便利，又是丝绸的产地，天下财富汇聚于此。经济繁荣，生活富足，文化自然应运而生。唐代，白居易、刘禹锡等大诗人当过苏州刺史（行政长官）；李绅、罗隐、陆龟蒙等著名诗人也扎根于苏州；造访此地的诗人，李白之后更是数不胜数。苏州的绘画艺术也十分繁荣。浙江的画家重视作画技巧，而苏州的画家则重视画的神韵——前者被称为“浙派”，后者为“吴派”。苏州古称“吴县”，宋元时期被称为“平江”。明朝时期，以“吴中四才子”——唐寅、徐祯卿、祝允明、文征明为首的文人辈出，江山代有才人出，明朝的苏州也是人杰地灵、人才荟萃之地。另外，与之同时代的画家谢时臣也生于苏州，他虽不属四大才子之列，但其自称为“姑苏台下逸人”，并尤其喜爱使用刻有此句的印章。

苏州是中国代表性商品“丝绸”的产地，曾被视为中国的代表性产业城市。丝绸不仅仅是商品，同时也是美术品，从一种精美的设计品发展成为一种潮流时尚。

四才子不仅绘画拿手，也擅长书法、精通诗文。在此之前，明初被称为“吴中四杰”的高启、杨基、张羽、徐贲四人也大放异彩。元朝末年，军阀张士诚以苏州为屏障，阻碍明太祖朱元璋的大一统进程，因此朱元璋不喜苏州。后来，高启因蓄意谋反而受连坐之刑，杨基和徐贲死于狱中，张羽自杀。虽说这是文人的悲剧，但也正是他们的才能受到肯定的证明。

张羽作过一首题为《赠僧还日本》的诗：

杖锡去随缘，乡山在日边。
遍参东土法，顿悟上乘禅。
咒水龙归钵，翻经浪避船。
本来无去住，相别莫潸然。

而被赠与此诗的日本僧人之名，至今也不得而知。张羽于1385年自杀，当时日本正处于南北朝末期。吴中四才子的唐寅也在日本人重直彦九郎回国之际作诗相赠：

萍踪两度到中华，归国凭将涉历夸。
剑佩丁年朝帝扆，星晨午夜拂仙槎。
骊歌送别三年客，鲸海遄征万里家。
此行倘有重来便，须折琅玕一朵花。

这首诗的序里写道：“彦九郎还日本，作诗饯之，座间走笔，甚不工也。”落款日期是正德七年（1512）五月。当时日本正处于后柏原天皇在位的永正九年，应仁之乱之后的战国时代。这首送别诗的真迹现存于国立京都博物馆，并收录于各书法全集里。从诗的内容来看，重直彦九郎在中国生活了3年，而且这好像还是他第二次来到中国。当时苏州和日本联系之紧密，可见一斑。

到了清朝，苏州作为丝绸与文化之城而繁荣。但绘画重心转移到了盐商聚集、政商如云的扬州，此地更是聚集了人称“扬州八怪”的书画家。

清末，文人团体“南社”于苏州诞生 。柳亚子任社长，聚集了高天梅、陈去病等众多有影响力的文人。其目的在于通过诗文宣传革命。1909年11月13日，在苏州虎丘的张东阳祠召开了创社集会。张东阳本名“张国维”，是明末抗清时投池自杀的烈士。在张东阳祠宣布“南社”成立正是为了向世人表明，这并不只是一个文人社团。南社的第一次集会有19人参加。南社成员不断增多，后来的知名画家黄宾虹也是其中一员，黄兴、宋教仁、陈其美等革命斗士也陆续加入。辛亥革命以后，在北京、广州、长沙各地成立了分社，据说鼎峰时期，社员人数足有上千人之多。来自横滨的华侨诗人苏曼殊也是南社的主力成员。但随着人数的增多，一些意图不轨的人也趁虚而入。1917年南社内部发生纠纷，被迫停止了团体活动。1923年，柳亚子等人又创立了“新南社”。当时的政客，如汪兆铭、居正等加入其中。1928年，本想在南社创立之地举行成立20周年纪念会，但张东阳祠已不复存在，于是就定在冷香阁举行了。

清末的南社实际上是在明末复社的影响下创建的。明代，苏州衍生了一个名为“应社”的团体。这个团体不断发展壮大，于1632年在虎丘召开的大会上更名为“复社”。这也不只是一个单纯的文人团体，而是为了对抗明末时期猖獗的宦官而组成的政治社团。复社弹劾了宦官党派阮大铖，因此遭到报复，社团成员有的被杀，有的被流放到偏远地区。

在复社成立的277年后，同样在虎丘成立的南社面临的敌人不是宦官，而是来自清朝政府和之后的军阀。但两者仍旧有共通之处：贴近民众，以诗文为武器凝聚力量，面对强大的敌人依然发扬不屈不挠的拼搏精神。

可以说，苏州是一个远离战争与硝烟的安静城镇。但吴中四杰全都死于非命，吴中四才子傲世不羁，复社与宦官为敌，南社和封建势力对抗。苏州这片土地，看似风平浪静，实则波涛汹涌。

陆文夫的《美食家》就是在这样的背景下展开的。采芝斋和松鹤楼留存至今。松鹤楼在当时店铺的基础上进行了改装和大规模的整修，之后又在店后面盖起了一栋新楼，可谓“苏帮菜第一楼”。

据《史记·郦食其传》记载：“王者以民为天，民以食为天。”君王把百姓当作治国根本，百姓把粮食视为安身立命的保障。老子也曾说过类似的话。这种关系民生的问题出现在文学作品中倒也不无道理。

《史记·殷本纪》中曾记载伊尹“负鼎俎，以滋味说汤，致于王道”。商汤王的宰相伊尹，为实现王道，最初以美食入手，接近汤王，进而影响汤王。可见当时“食”的地位之高。

但后来，从《孟子》里的“君子远庖厨”一句不难得知，“食”的地位有所下降。孔孟学说过分重视礼教，也实实在在地看低了厨房的地位。君子洁身自好，不屑进厨房，文人墨客自然也就不愿意拿它来写文章。宋朝时期，苏东坡和梅尧臣等人虽然对衣食住行等观察得比较细致，但他们的作品中涉及饮食方面的诗文却少之又少。虽偶有佳作，比如清朝袁枚的《随园食单》，也只是个例而已。

《美食家》虽未将美食本身作为主题，但也可以看作是为中国文学中的美食文学做了些许补充。关于这一点，希望读者在读完《美食家》后能稍作思考。

范烟桥既是南社的重要成员，也是南社20周年纪念会的记录者，曾作《王家酒店》一诗。原诗的注解中记载，范烟桥在王恒豫酒家品尝梅酱后， 惊叹于梅酱的甘甜美味，第二天就收到了南社同好——郑逸梅的夫人做的梅酱。

王家酒店试梅酱，
一种酸甜醒酒肠。
多谢梅妻妙制贻，
更添齿颊十分香。

范烟桥，苏州人，知名书法家，同时也画得一手好墨梅。据说他爱喝太湖洞庭山的碧螺春茶，也爱喝酒，想必也应该是一位美食家，新中国成立以来先后担任苏州文化局长、博物馆长等。

范烟桥曾在《申报》上发表小说《离鸾记》，其中，《苏味道》一章就是和美食相关。“苏味道”是唐代一个文人宰相的名字，此处一语双关，也有“苏州的味道”之意。读这篇《美食家》的时候，我的脑海里一直浮现着范烟桥先生的身影。可能陆文夫先生也一直挂念着他的同乡前辈吧。

读《美食家》这部小说时，也可以稍读一下我的这篇文章。我避开了对其内容的解说，而是就其中一些事抒发感想，随笔一记。如有读者读了我的这篇文章后，能在脑海中留下些许印象，就是我最大的荣幸了。

（1987年9月）

蔡子民《唐诗旅情》出版寄语

唐朝是中国诗歌发展的黄金期，从古至今，唐诗广受日本爱好诗歌之人的推崇。尤其在日本平安时期，达官贵族们对白居易简洁明快的诗文情有独钟，只要提到“文集”指的就是《白氏文集》。在本书中也有介绍过，清少纳言在《枕草子》中巧妙地引用了白居易的诗歌《香炉峰下新卜山居，草堂初成，偶题东壁》，显示了其非凡的汉学才能和过人的智慧。可以说只要不是目不识丁之人都知道这一文坛佳话。

众所周知，俳谐鼻祖松尾芭蕉痴迷于李白和杜甫的诗作，因此其作品深受他们的影响。松尾芭蕉在《奥州小道》里写道：“日月乃百代之过客，流年亦为旅人。”而李白的《春夜宴桃李园序》中有这样一句：“夫天地者，万物之逆旅；光阴者，百代之过客。”

不言而喻，松尾芭蕉的这一句无非是对李白诗句的再塑造而已。

《奥州小道》中除了大量地引用了本书中也曾提到过的杜甫《春望》中的叙事部分之外，“行春や鳥啼き魚の目は泪（匆匆春将归，鸟啼鱼落泪）”这句便是杜甫《春望》中“感时花溅泪，恨别鸟惊心”和陶渊明《归园田居》中“羁鸟恋旧林，池鱼思故渊”的珠联璧合。“此道や行人なしに秋の暮（秋日黄昏，此路无行人）”是《奥州小道》中的名句，也是杜甫《秦州杂诗》中“万方声一概，吾道竟何之”和寒山诗里的“寒岩深更好，无人行此道”两句诗的相辅相成。而这句“素手琵琶绕，泪泣到天明”一定是从白居易《琵琶行》里的“满座闻之皆掩泣”中获得的灵感。当然前提是读者读了白居易的诗，否则这种说辞便是不成立的。

“今夜三井寺，月亮来敲门。”这一句与贾岛的《题李疑幽居》中“鸟宿池边树，僧敲月下门”如出一辙。如果读者不知道贾岛的诗，就体会不到我讲这件事的乐趣所在。在这里说一句题外话，据说贾岛在这首诗完成的最后一刻仍在犹豫要不要把“僧敲月下门”里的“敲”换成“推”。这就是“推敲”一词的由来，江户时期的文人大都知道这一典故。

说起松尾芭蕉，我们对他出门游历时会带上什么样的书饶有兴趣，比如他为了撰写纪行书《奥州小道》会带上什么书出远门呢？实际上，有学者正在进行相关研究。

日本读者是因为《唐诗选》而喜欢上唐诗的。在荻生徂徕的大力推荐下，他的弟子服部南郭在享保年间翻刻了《唐诗选》，之后唐诗在日本盛行起来。因其在松尾芭蕉死后半个世纪才广为流传，有传闻称他根本没有读过《唐诗选》。但是在服部南郭翻刻《唐诗选》之前，明版、清版、五山版等几个版本的《唐诗选》已经问世。所以，松尾芭蕉和《唐诗选》毫无关联的说法未免过于主观。

可是，松尾芭蕉在《野曝纪行》里曾写道："今秋已十霜，却指江户是家乡。"也许芭蕉借鉴了贾岛的作品《渡桑干》，从而写出了这句话。《渡桑干》大概讲了这样一个故事：诗人贾岛原本在并州生活了十年，一直渴望归家，后来因为一些意外不得不离开并州，远渡桑干。然而在这十年的客居之中，竟然不知不觉对并州产生了感情，把并州当成了第二故乡。《唐诗选》中《渡桑干》里最后一句是："却望并州是故乡。"另一作品《联珠诗格》里则有"却指并州是故乡"的表述。这样看来，感觉松尾芭蕉对唐诗产生兴趣似乎也并不是因为《唐诗选》。

据专家考证，芭蕉是在《杜律集解》《白氏文集》《三体诗》《古文真宝》《锦绣段》《诗人玉屑》《联珠诗格》《千家诗》《寒山诗集》《唐诗选》等书籍的影响下才喜欢上了唐诗的。

其中《杜律集解》和《白氏文集》是个人诗文集，《寒山诗集》也与其类似。《三体诗》将七言绝句、七言律诗和五言律诗按照虚实分类，这本书颇像一本作诗教材。（《唐诗选》是按作家编排的）书中除了上述三种类型外，还收录了古诗、五言绝句、排律等类型的作品。《锦绣段》按照天文、地理、节序、怀古题咏、人品等进行分类，收录了唐代至明代的诗歌。《古文真宝》的前集为诗歌集，里面收录了包括五言古风、七言古风、长短句、歌类、行类、吟类、引类、曲类的各种形式的诗歌。诗话集《诗人玉屑》则分为诗辨、诗法、诗评、句法等56个门类。《联珠诗格》将七言绝句按照四句全对格等320多种格的形式进行分类收录。《千家诗》把71位诗人的99首诗依照春夏秋冬的顺序编排。

像这样，将日本文人曾参考过的唐诗集进行再次探讨研究，不只是因为我个人的考证习惯，也是因为我想强调：这些诗集不是按照作者来分类就是依据诗的类型、主题和季节来分类编写的。

因我个人孤陋寡闻，还不曾听说有第二本如同本书一般，看重诗歌吟咏场所，并按照地域不同而进行分类的文集。可能是因为过去交通不便、旅行不易，以至于人们从未想过要去某个别的地方吧。如果当初旅游条件像如今一样便利，大多数人都能够尽情游览国土自然风光的话，应该会有更多的唐代诗人去往自己想去的地方，催发诗兴，如同临摹美术品一般，还原自己的心情。从之前清少纳言和松尾芭蕉的例子就可以看出，日本和中国的古典文化素养是重叠的。但明治维新之后，这其中的重叠部分在逐渐减少。为了更好地理解邻邦，我个人认为很有必要重视并促进两国之间共通的古典文化的发展。

我知道，如今实地去中国旅行的人在逐年增多。而通过书籍，在脑海里畅游中国的人也不在少数。本书可能刚好为他们提供一些参考。

本书作者蔡子民先生和我是同乡，在他来日本担任驻日大使馆参事之前，我们在北京就已交情匪浅。他的夫人李玲虹与我的妻子亦是好友。去年，我们四人一起从长崎到平户去旅行，收获了一段愉快而又美好的回忆。那个时候我又一次意识到：蔡子民先生不仅仅是一位外交官，更是一位内心丰富、情感细腻的文人。毕业于早稻田大学的蔡子民先生应该是最能把日本读者带入到唐诗世界中尽情徜徉的人了。

我相信通过读这本书，日本友人一定会对中国风土和历史或多或少产生一点儿亲近感的。哪怕只多一个人，我也衷心希望能有更多的人喜欢上中国。

（1985年7月）

稻畑耕一郎《一勺之水》书评

想起了和稻畑先生一起去四川和云南旅行的时候，他对我说："我还是第一次享受这么奢华的旅行。"说是奢华，但也不过是坐了飞机，住了个还算过得去的旅店而已。在稻畑先生看来，想要了解中国，需要多跟当地居民接触，所以他自己降低了客座教授应享有的待遇等级，选择更贴近百姓的交通方式出游。后来去新疆的时候，他乘坐火车从北京到乌鲁木齐，再坐客车往返于乌鲁木齐和喀什之间。其中的所见所闻都记录在稻畑先生的《塔里木往返》里。

大约15年前，我也曾坐火车从北京去了乌鲁木齐。和稻畑先生乘坐的硬卧不同，我选择的是软卧，但透过两层窗户也能闻到火车燃烧的劣质煤炭散发出的刺鼻味道，让人感觉很不舒服。除去这一点，我想我和稻畑先生的交通出行条件都差不多。但当我坐上天山南路的往返巴士的时候，我还是不得不佩服稻畑先生。我去过喀什三次，每次都是坐飞机。从喀什到和田又是和家人一起坐吉普车，所以不用我说大家也能够想象，我当时几乎没什么机会接触当地人。

稻畑先生广泛接触了中国民众，并和他们进行了深入的沟通和交流。他也精通中国的古典文化和艺术，对旅行中的经历应该感悟良多，本书字里行间也在向我们传递着这种感觉。

“一勺之水”来源于作者在北京大学住的宿舍名“勺园”和“勺园”的出处——“海淀一勺”。广阔中国大地的辽阔水域中取水一勺尚且不满的谦逊，正如作者人品，让人心旷神怡。即使只有这一勺，里面盛放的也是精心收集的甘露。

本书中也有跟“观摩”一词有关的随笔。“观摩”一词出自《礼记》，原本表示“相互切磋勉励，努力进取”之意，但近来出现了“用眼看，用手触摸”的释义。这个词常见于考古学文献，作为考古学研究的姿态，“用眼看，用手触摸”是正确的做法。

这本书可以说是在“观摩”中国。从众多的中国见闻记里能看见许许多多只有“观”的东西，并且有时只有“摩”的东西。东汉时代流传着一个故事：有一个叫蓟子训的方士，他在长安和一个老人一起抚摸铜像。他看完铜像后和老人说，500年已经过去了。

著者与杭州大学的蔡义江教授通信对诗。也许日本的一些古汉语学家也会作诗，但一些研究中国学的传统的学者好像认为这只是从文中“观”的立场上做的事情。稻畑先生以“摩”对诗，通晓现代汉语，深入了解群众，足迹遍布全国，这样的稻畑先生，可以说是“摩”的先驱。

读这个随笔，总感觉会在日本诞生一些新型的中国学者，感觉他们会取得更大的成绩。没有读过这篇文章，或许就会蒙受巨大的损失，因为这相当于对眼前呈现的新兴学问的来龙去脉视而不见。所以希望读者有机会一定要读一读。

末尾处的两篇文章是对我全集的解说，而不是我的评论。最后只想补充说一点：我从稻畑先生身上感受到了无限的温暖。

（1987年12月）

李顺然《我的北京风物志》出版寄语

越来越多的日本游客选择到中国游玩。其中，大多数人都会到北京看一看。在此之前，日本人似乎从来没有如此近距离地感受中国的首都。也正因此，我觉得应该好好地了解一下北京。如此说来，我倒是知道一个作为北京向导再合适不过的人选，他就是我非常尊敬的一位朋友——李顺然先生。

李顺然先生出生于东京，作为土生土长的东京人在日生活20年后，又在北京生活了30年。他熟知日本人的内心想法，走遍北京的一个个角落，将他与北京人的推心置腹呈现于纸上。因此，让他来做北京的向导是最合适不过的了。

我每次去北京都与李顺然先生对饮畅谈。他是我妹妹在电视台的同事 ，他的夫人和我妹妹也是亲密无间的好友。出于这一层关系，我十分了解他。他以一位东京人的眼光，将居住了30年的北京从头到脚，从里到外审视了一遍。

从这本书开始在《人民中国》上连载起，我就已经是它的忠实读者了，并且我能深深体会到作者观察之细致，语言之得体。或许这得益于作为电视台日语部部长的李顺然先生的留心观察，他在本书中的用词细腻妥当，经得起推敲。如果一个人只了解当地的事，不知道外乡人对这里的了解程度的话，那么他就不适合做向导。如果这个向导自以为“当地这些事外乡人也肯定都知道吧”，那么这次向导就会变成一场自以为是的个人表演。而李顺然先生二十出头便来到一片陌生的土地，耳濡目染30载，他一定能事无巨细地把北京的故事诉说给异乡的人们。

我十多年前第一次来北京的时候，就事先阅读了敦崇的《燕京岁时记》和刘侗的《帝京景物略》这些备受好评的书，掌握了一定的背景知识。虽然不能否认这两本书的作用，但它们总是会因为时代变迁的缘故存在着一些局限性，每当我察觉到这些不足之处时，就会觉得心焦不已。如果那时就有李顺然先生的《我的北京风物志》的话，我该会体验到一次多么令人身心愉悦的旅行啊。为此我感到些许遗憾。

这本书呈现了一个生机勃勃的北京。胡同里老百姓的生活气息仿佛可以轻轻拂过读者的脖颈。哪怕只多一个读者也好，我希望大家能从此书中体会到北京的风貌。

有时因为杂志连载片面限制的缘故，一定有很多想写的话语，只能无奈割舍。当这些连载的文章被归纳为一本书的时候，李顺然先生又添加了相当一部分新写的东西，可以说满足了作者的愿望。《人民中国》的前主编康大川先生与李顺然先生是一对最佳搭档。正因如此，他能把读者的反响及时而又全面地传达给李顺然先生，当然，新编入的部分也不例外。在读这本书的校样时，我回想起康主编在家烹饪甲鱼招待我和李顺然先生的那段令人怀念的时光。因此对我来说，这本书也同样是难忘的存在 。

我喜欢的诗人当中，有一位是元代的萨都剌，他出生于1307年，是回族人，信仰伊斯兰教。在父亲驻北期间（代州雁门）出生的他在《古兰经》的陪伴下成长。其对事物的看法与常人不同，而我也因这种清丽脱俗的感觉，喜欢上了他的作品。读李顺然先生的文章时，我一下就想到了他。出于这种机缘，我引用萨都剌咏叹北京之春的诗句来结束本文。

京城春暮

三月京城飞柳花，

燕姬白马小红车。

旌旗日暖将军府，

弦管春深宰相家。
小海银鱼吹白浪，
层楼珠酒出红霞。
蹇驴破帽杜陵客，
献赋归来日未斜。

（1987年4月）

小槻晴明[1]《情迷印度》出版寄语

总是能听到这样的故事：刚踏上这片土地，就被其魅力征服。我认识一位澳大利亚的老人，他在50年前以医学生的身份，来日本观光旅游后就在日本定居了。虽然第二次世界大战时他回到了澳大利亚，但战争一结束，他就又匆匆忙忙地回来了。对他来说，日本是值得他放弃医学和故乡的地方。

虽然说起来给人一种“老古董”的感觉，但我认为那是那片土地上的神灵在向特定的某些人召唤的结果。当我听到有位一直憧憬着西域的作家站在西域的绿洲上这样说“可能我前世就属于这里吧”，我的心就被深深地打动了，我深知那是一种怎样的心情。至于为何被那片土地吸引，即便是当

---

① 小槻晴明，1948年生，大阪外国语大学毕业后，留学印度5年，曾在大阪预备校教授英语，也从事翻译工作。

事人也说不清、道不明。

有一种地方，遑论踏足之后，在踏足之前就已经迷住了一些人的心。印度便是其中之一。说“一些人”是因为也会有对那样的地方产生抗拒心理的人。这取决于每个人的想法，如果没有使人产生抗拒心理的特别之处，也就不能让还未踏足的人为之着迷吧。

从年轻时起，我就被印度的魅力所折服，因此学习了印度语。这与战时美国潜水艇封锁日本一样，在那个时代，别说是渡到外国，哪怕是在关门海峡都有可能遇到危险。现在想来，正因为想去不能去，我对印度的憧憬才越发强烈。大家都知道，在那之后，人们又过了很长一段为生计所迫的日子。迎来了退休的年纪之后，我才终于踏上了印度这片土地。

现在回想起来，觉得自己进行了一场“可怜”的印度恋。

我曾到访憧憬已久的瓦拉纳西，也曾伫立在恒河岸边，年轻时学的印度语，虽说还能听懂一点，但自己说的时候却磕磕绊绊。我深知我几乎忘记它了，心中不免有些遗憾，要是能早点来就好了。

本书的作者小槻晴明先生，和我一样在大阪外国语大学学习印度语。他是为印度所倾倒才学习印度语的吧，到底出于什么动机，他自己可能也说不清楚。虽说是在同一所学校学习，但细细算来，我与他的毕业年份相隔了29年。

从年长的我的角度来看，虽然年龄差让我有一种“君生我已老”之感，但那种亲近的感觉是同类人才有的。我借着这种亲近感一口气读完了小槻先生写的校样。

阅读文学奖的候选作品令人疲惫，但我读这本书时完全忘记了劳累。这绝不是说这本书缺少耐人寻味之处，这里有着青春的故事，值得细细品读，其余韵令人荡气回肠。

本书既不是外交官眼中的印度，也不是特派记者眼中的印度，更不是公司常驻人员眼中的印度，而是一个读书人，既不装腔作势，也没有夸大其词，淡淡地为我们讲述着他在这片土地上的经历——这片命中注定让他魂牵梦萦的土地。印度既是新时代希望萌芽的候选地之一，也是嬉皮士的圣地之一。这里聚集着来自世界各国的学生，这里能看到世界新时代读书人的风貌，作者没有赘述哲学智慧，而是韵味简洁明快地将这种风貌原封不动地刻画了出来。

读完这本书，我又想起了第一次去印度时的遗憾。与此同时，我也羡慕起生逢良时的小槻先生。只能说他遇到了很多好人，也许这种人性的眷顾并非偶然，而是被作者的人格魅力吸引而来。

由亲身经历写作而成的故事，阅读时也能感受到其字里行间流露的作者的气息。它扩宽了读者的心海，丰盈其内心，开阔其视野，加深其对人类的理解。

我希望读者能因为某种机缘，结识小槻先生并与之交谈，在不知不觉间倾听他在印度的生活趣事。

（1980年10月）

后记

承蒙二玄社的宇和川准一先生对我的作品进行筛选收集，我才知道在这近10年间我所写的随笔，除去系列丛书的部分，其他几乎都是分为两册的单行本。其数量之多也令我感到些许的意外。

今年3月出版的《云外峰》作为第一集，以历史、美术、中日关系为主展开。

本书作为第二集，包含中国山水、旅行、丝绸之路、身边杂记、交友、回顾、料理、政治杂感等主题。这些都是独立成文的随笔，我创作的时候并没有按照如此明确的分类来出版的打算。

我认为，像这样的随笔集应该尽可能地收录原汁原味的文章。本书也遵从此原则，仅仅修改了初版时明显的错误。最初，我还不知道《含笑花之树》这个标题该怎样用日语表达，后来知道读法后，才把标题加上去的。

“随笔”一词意为将一切交给笔，这并不是不负责任的说辞，只是希望无论是读者还是作者都能保持轻松的状态。

如果重新阅读，可以发现，《在答谢宴上》出场的中国文学家中，丁玲、周扬、李季三位已过世。最近的报纸上也刊登了贺敬之担任文化部部长的消息。而当时在答谢宴上与我夫人畅谈的女作家是贺敬之先生的夫人柯岩女士。

此书于平成元年编辑成书，我于年号确定之时受共同通讯社邀请写作的《“平成”杂感》也是时代的纪念之一吧。

多亏了宇和川准一先生的鼎力相助，两册随笔集才都能在平成元年得以出版，感激不尽。我将此事看作一个阶段的结束，感觉自己听到了“要更加努力工作哟”的声音。

平成元年（1989）秋　于三灯书室

陈舜臣

卷末随笔

志在千里

稻畑耕一郎

作家陈舜臣是当代首屈一指的随笔家。从身边发生的琐事偶感到古今历史、东西方文明，文笔涉及范围广泛。他的文字朴实自然，没有刻意雕琢的痕迹，将心中所想娓娓道来。他把平日里的勤苦钻研不留痕迹地浸润在一篇篇文章中，文笔虽不华丽，但大多数文章都富有智慧且不失天籁般的余韵。本书《含笑花之树》中收录的文章也展现了这样的韵味。

陈舜臣的随笔爱好者与喜爱他小说的粉丝一样多，我也是其中之一。

如此说来，小说创作的成果似乎与作家的年龄并无关系。并不是不承认其晚年写出的“大杰作”“大经典”的历史价值，而是年轻时的作品尚有青涩之处，但声名鹊起前的作品中也有不少感人至深的魅力之作，这一点众所周知。

但说到随笔，从古至今，优秀作品鲜少出现在早期作品当中，总觉得晚年时的作品更有韵味。我想这是因为晚年的随笔中能够直接反映出笔者此前的人生经历与思想。我深觉，不论笔者有名气与否，真正优秀的随笔处处都能反映出作者的人生轨迹。

因此，对于年过古稀的作家陈舜臣，一定有许多读者撇开其创作本领，关注他日常书写的随笔中会发表怎样的观点，并以此为乐趣。至此，作家围绕自身境遇，读万卷书行万里路，宛如蚕不分昼夜吐丝做茧一般，实实在在地连续创作了大量优秀作品，其文笔也渐入佳境。

但此前不久，陈舜臣创作的随笔数量锐减。这是因为前年夏天他突发轻微脑出血，住院一段时间之后不得不进行术后的康复。

1994年8月中旬，陈舜臣于某地演讲时，因日常过度劳累加上会场内的暑热，突然语言混乱倒在讲台上，被救护车送往医院。经过周密的检查，发现大脑局部少量出血，随后进行了手术。虽然手术很顺利，也万幸没有生命危险，但右手右脚却瘫痪了。从那之后，他就专心养病了。

暂且不论生活在电脑时代的作家，对于写作来说，没有比被夺去写字惯用的右手更令人心烦的事了吧。尽管他们在疗养中尝试练习使用打字机或左手写字，但结果却并不乐观，只得将康复的重点又置于恢复右手的机能上。

1月中旬，经过精心的疗养，陈舜臣的身体渐渐恢复之时，神户遭遇了大地震。不久之前出院回家的先生好不容易躲过一劫，强震平息之后，他拖着不便的身体，穿过倒下的家具的缝隙，望向尚未破晓的窗外。目光所及之处不是和往常一样的神户夜景，而是愈发猛烈的火势从黑暗中交织而生。

地震之后，陈舜臣与夫人一起在冲绳避难，在那里继续康复练习。在临海的恩纳村旅馆，每天都能看到他在私人海滩上伴着寒风反复练习走路，之后又继续进行温泉治疗的身影。其夫人总是伴其左右，不断地鼓励他。

陈舜臣在冲绳疗养时，很多的编辑和好友都去慰问探望他。在冲绳的那段时间，他们比在神户时更忙于招待客人。3月上旬我也带着家人去住了几天，因此我也算是打扰先生疗养的人之一。

我在先生家中逗留时，曾去他的房间与他闲谈，有幸看到了《成吉思汗一族》的原稿。该书计划从4月开始在报纸上连载。作家已经写完了60多章。

陈舜臣的手稿原本十分端正，但是不得不冒犯地说一句，当时他的字就像刚开始学写字的小孩，亦或是非汉字圈的外国人写的文字一样，歪歪斜斜地排列着。一眼便能看出，他的胳膊不听使唤了。特别是原稿的开头部分，十分凌乱，后来才慢慢变得工整起来。尽管如此，作为对他之前的字迹稍有了解的人，我也深刻感觉到，虽说身体恢复尚且顺利，但一字一句的书写仍然十分困难。

在这期间他经受了多少身体的训练和内心的折磨啊。如今我仍清楚地记得，就算是拖着不方便的手臂，他也传达着想写作、要写作的强烈意志，想到这里，我也情不自禁地挺直了脊背。但即使这样，陈舜臣也只是说："还好，瘫痪的不是我的语言功能。"

那时他还说："以后只随心所欲地做想做的工作。"至今为止，他并非没在做他自己想做的工作，但是借一句古人的话来说，这叫"人必为己"。他是在表明心意，今后要更加专注于自己想做的事。年过七十并且健康状况不佳，还经历了阪神大地震这样的天地异变，这些都是让他的决心更加坚定的原因。

在做决断时，陈舜臣没有选择轻松悠闲的写作道路，而是给自己安排更加繁重困难的工作——继续创作长篇历史小说，或是以小说的形式书写历史。

陈舜臣的作品涉及范围广泛，从推理小说到历史、旅行游记、中国古诗等各个领域。但当今公众一致认为，从中国历史中取材创作长篇小说是他作品的根本所在。这些长篇小说以《鸦片战争》为开端，经《秘本三国志》《太平天国》《大江不流——小说日清战争》到这几年的《诸葛孔明》《耶律楚材》，它们贯穿了陈舜臣的写作生涯。

尽管看上去这些作品已经涉及了中国全史，但在陈舜臣的脑海中还有更多构想。《成吉思汗一族》只是其中之一。对于陈舜臣来说，不完成这些作品就如同画龙不点睛一般。而这也激励着他将书写的不便放在一边，继续向长篇小说发起挑战。

我们为陈舜臣心气之豪迈、志向之高远而感动不已，也因此祈祷先生能尽早康复。并期盼着在某日拂晓，先生能用笔尖残墨挥就随笔，我们将不胜欣喜。

陈舜臣迄今为止创作的作品之多，大概无人能出其右，只因陈先生志在千里。也正因如此，许多作品只有陈先生才有能力完成。

（早稻田大学教授　稻畑耕一郎）